Collection folio junior

dirigée par
Jean-Olivier Héron
et Pierre Marchand

Alphonse Daudet naît à Nîmes le 13 mai 1840 et meurt à Paris le 15 décembre 1897. Il passe son enfance en Provence, fait ses études au lycée de Lyon et devient maître d'études au collège d'Alais. Ayant peu de goût pour ce métier, il vient à Paris pour tenter une carrière littéraire. Il se fait très vite connaître en publiant en 1858 un recueil de vers, *Les Amoureuses*. Il travaille pour divers journaux, écrit des pièces de théâtre et rédige *Les Lettres de mon moulin* en 1866. Son premier roman, *Le Petit Chose,* paraît en 1868 ; en 1872, *Tartarin de Tarascon* annonce la trilogie des Tartarin qui se poursuit avec *Tartarin sur les Alpes* (1885) et se clôt avec *Port-Tarascon* (1890). C'est en 1872 également que le compositeur Bizet met en musique son drame, *L'Arlésienne,* qui connaîtra un véritable triomphe. Il publie, en 1873, les *Contes du lundi.*

Philippe Mignon est l'auteur des illustrations intérieures de *La dernière classe et autres contes du lundi.*
Il est né en 1948. Après des études d'architecture, il travaille dans des agences de publicité et collabore à divers travaux d'édition. Ses dessins sont très minutieux, très précis et demandent beaucoup de temps et de solitude. C'est sans doute pour cela qu'il aime autant les voyages qui le conduisent dans les grands espaces qu'il peut arpenter tout à son aise.

Loi nº 49-956 du 16 juillet 1949
sur les publications destinées à la jeunesse

ISBN 2-07-058744-4

Dépôt légal : janvier 1995
Nº d'éditeur : 70954 – Nº d'imprimeur : 68177
Imprimé en France sur les presses de l'Imprimerie Hérissey

Alphonse Daudet

La dernière classe
et autres contes du lundi

Illustrations de Philippe Mignon

Gallimard

NOTE DE L'ÉDITEUR

Alphonse Daudet fut d'abord un employé modèle, réservant sa fantaisie aux lecteurs, mais d'une ponctualité d'horloge pour le directeur de son journal. Chaque début de semaine, il livrait aux bureaux du Soir *ou de* L'Evénement *des billets qui obéissaient aux lois strictes de la nouvelle : style alerte, vocabulaire simple, texte court pour tenir dans la colonne.*

Chaque lundi, il eut donc avec son public un rendez-vous auquel il ne faillit jamais, soucieux de lui faire la conversation sur les heurs et malheurs du temps comme d'autres se font un devoir de leur visite hebdomadaire à une tendre amie qui les attend, le cœur battant.

Qu'on ne s'y trompe pas ; ces textes si connus, si plaisants ne sont simples et lisses qu'en apparence. Un trésor est caché dedans, qui se révèle aux humbles et aux petits. La littérature de Daudet est une littérature du cœur, qui ne manque pas d'esprit.

Voici donc, réunis ici, quelques-uns des textes les plus beaux et les plus significatifs du talent de l'auteur des Contes du lundi. *A la manière d'un peintre réaliste, procédant par touches plates et précises, celui-ci décrit la vie du menu peuple de Paris, engagé ou embarqué dans l'aventure ambiguë du Siège de Paris puis de la Commune. Observatoire sans faille et rapport scrupuleux : il ne manque pas un bouton de guêtre au petit « Turco » aussi exact et vivant que le joueur de fifre de Manet.*

Mais ce serait oublier la musique des mots et tout ce qui se dégage, implicitement, d'entre les lignes. Alphonse Daudet n'est pas un peintre naturaliste. Pour ce Parisien de Nîmes, les choses deviennent ce qu'elles sont dans une lumière vibrante qui casse les épures trop sèches et noie les détails de façon à créer une impression. Sinon comment expliquer après un siècle et un peu plus, ce charme qui naît de l'humour et de la tendresse de Daudet pour les gens et les bêtes saisies dans leur univers quotidien ?

Humour et tendresse qui tempèrent la fierté cocardière et le chauvinisme, si dur pour les « Prussiens », de notre bon Daudet. Le chroniqueur du Soir *et de* L'Evénement, *d'ailleurs courageusement engagé dans les combats de 1870 et sincèrement républicain, n'est ni un pamphlétaire, ni un vengeur. Il rit de la bêtise des grands et des gros avec une gouaille faubourienne ; il pleure et il souffre avec les vieilles gens affamés ou transis. Et il prend, en se moquant d'eux, une salubre revanche sur les Teutons vainqueurs, comme une jolie Arlésienne, coquette mais réservée, s'amuse d'un amoureux balourd. A ce sujet,* La Pendule de Bougival *est un chef-d'œuvre qui mériterait d'être mieux connu et commenté.*

A l'heure de la télévision, Alphonse Daudet peut encore dire et montrer beaucoup de choses aux petits enfants de notre siècle. Ce conteur du lundi sait capter et retenir l'attention. Si nous sommes sages, les belles histoires nous seront racontées mille et mille fois. A peine aurez-vous refermé ce livre, petits lecteurs, que vous éprouverez le besoin de dire : « encore ». Le trésor des contes est inépuisable.

La dernière classe

Ce matin-là, j'étais très en retard pour aller à l'école, et j'avais grand-peur d'être grondé, d'autant que M. Hamel nous avait dit qu'il nous interrogerait sur les participes, et je n'en savais pas le premier mot. Un moment l'idée me vint de manquer la classe et de prendre ma course à travers champs.

Le temps était si chaud, si clair !

On entendait les merles siffler à la lisière du bois, et dans le pré Rippert, derrière la scierie, les Prussiens qui faisaient l'exercice. Tout cela me tentait bien plus que la règle des participes ; mais j'eus la force de résister, et je courus bien vite vers l'école.

En passant devant la mairie, je vis qu'il y avait du monde arrêté près du petit grillage aux affiches. Depuis deux ans, c'est de là que nous sont venues toutes les mauvaises nouvelles, les batailles perdues, les réquisitions, les ordres de la commandature ; et je pensai sans m'arrêter :

« Qu'est-ce qu'il y a encore ? »

Alors, comme je traversais la place en courant, le forgeron Wachter, qui était là avec son apprenti en train de lire l'affiche, me cria :

« Ne te dépêche pas tant, petit ; tu y arriveras toujours assez tôt à ton école ! »

Je crus qu'il se moquait de moi, et j'entrai tout essoufflé dans la petite cour de M. Hamel.

D'ordinaire, au commencement de la classe, il se faisait un grand tapage qu'on entendait jusque dans la rue, les pupitres ouverts, fermés, les leçons qu'on répétait très haut tous ensemble en se bouchant les oreilles pour mieux apprendre, et la grosse règle du maître qui tapait sur les tables :

« Un peu de silence ! »

Je comptais sur tout ce train pour gagner mon banc sans être vu ; mais justement, ce jour-là, tout était tranquille, comme un matin de dimanche. Par la fenêtre ouverte, je voyais mes camarades déjà rangés à leurs places, et M. Hamel, qui passait et repassait avec la terrible règle en fer sous le bras. Il fallut ouvrir la porte et entrer au milieu de ce grand calme. Vous pensez si j'étais rouge et si j'avais peur !

Eh bien ! non. M. Hamel me regarda sans colère et me dit très doucement :

« Va à ta place, mon petit Franz ; nous allions commencer sans toi. »

J'enjambai le banc et je m'assis tout de suite à mon pupitre. Alors seulement, un peu remis de ma frayeur, je remarquai que notre maître avait sa belle redingote verte, son jabot plissé fin et la calotte de soie noire brodée qu'il ne mettait que les jours d'inspection ou de distribution de prix. Du reste, toute la classe avait quelque chose d'extraordinaire et de solennel. Mais ce qui me surprit le plus, ce fut de voir au fond de la salle, sur les bancs qui restaient vides d'habitude, des gens du village assis et silencieux comme nous, le vieux

Hauser avec son tricorne, l'ancien maire, l'ancien facteur, et puis d'autres personnes encore. Tout ce monde-là paraissait triste ; et Hauser avait apporté un vieil abécédaire mangé aux bords qu'il tenait grand ouvert sur ses genoux, avec ses grosses lunettes posées en travers des pages.

Pendant que je m'étonnais de tout cela, M. Hamel était monté dans sa chaire, et de la même voix douce et grave dont il m'avait reçu, il nous dit :

« Mes enfants, c'est la dernière fois que je vous fais la classe. L'ordre est venu de Berlin de ne plus enseigner que l'allemand dans les écoles d'Alsace et de la Lorraine... Le nouveau maître arrive demain. Aujourd'hui, c'est votre dernière leçon de français. Je vous prie d'être bien attentifs. »

Ces quelques paroles me bouleversèrent. Ah ! les misérables, voilà ce qu'ils avaient affiché à la mairie.

Ma dernière leçon de français !...

Et moi qui savais à peine écrire ! Je n'apprendrais donc jamais ! Il faudrait donc en rester là !... Comme je m'en voulais maintenant du temps perdu, des classes manquées à courir les nids ou à faire des glissades sur la Saar ! Mes livres que tout à l'heure encore je trouvais si ennuyeux, si lourds à porter, ma grammaire, mon histoire sainte me semblaient à présent de vieux amis qui me feraient beaucoup de peine à quitter. C'est comme M. Hamel. L'idée qu'il allait partir, que je ne le verrais plus, me faisait oublier les punitions, les coups de règle.

Pauvre homme !

C'est en l'honneur de cette dernière classe qu'il avait mis ses beaux habits du dimanche, et maintenant je comprenais pourquoi ces vieux du village étaient venus s'asseoir au bout de la salle. Cela semblait dire qu'ils regrettaient de ne pas y être venus plus souvent, à cette école. C'était aussi comme une façon de remercier notre maître de ses quarante ans de bons services, et de rendre leurs devoirs à la patrie qui s'en allait...

J'en étais là de mes réflexions, quand j'entendis appeler mon nom. C'était mon tour de réciter. Que n'aurais-je pas donné pour pouvoir dire tout au long cette fameuse règle des participes, bien haut, bien clair, sans une faute ? Mais je m'embrouillais aux premiers mots, et je restai debout à me balancer dans mon banc, le cœur gros, sans oser lever la tête. J'entendais M. Hamel qui me parlait :

« Je ne te gronderai pas, mon petit Franz, tu dois être assez puni... voilà ce que c'est. Tous les jours on se dit : « Bah ! j'ai bien le temps... J'apprendrai demain. » Et puis tu vois ce qui arrive... Ah ! ç'a été le grand malheur de notre Alsace de toujours remettre son instruction à demain. Maintenant ces gens-là sont en droit de nous dire : « Comment ! Vous prétendiez être Français, et vous ne savez ni lire ni écrire votre langue ! » Dans tout ça, mon pauvre Franz, ce n'est pas encore toi le plus coupable. Nous avons tous notre bonne part de reproches à nous faire.

« Vos parents n'ont pas assez tenu à vous voir instruits. Ils aimaient mieux vous envoyer travailler à la terre ou aux filatures pour avoir quelques sous de plus. Moi-même, n'ai-je rien à me reprocher ? Est-ce que je ne vous ai pas souvent fait arroser mon jardin au lieu de travailler ? Et quand je voulais aller pêcher des truites, est-ce que je me gênais pour vous donner congé ?... »

Alors, d'une chose à l'autre, M. Hamel se mit à

nous parler de la langue française, disant que c'était la plus belle langue du monde, la plus claire, la plus solide ; qu'il fallait la garder entre nous et ne jamais l'oublier, parce que, quand un peuple tombe esclave, tant qu'il tient bien sa langue, c'est comme s'il tenait la clef de sa prison[1]... Puis il prit une grammaire et nous lut notre leçon. J'étais étonné de voir comme je comprenais. Tout ce qu'il disait me semblait facile, facile. Je crois aussi que je n'avais jamais si bien écouté et que lui non plus n'avait jamais mis autant de patience à ses explications. On aurait dit qu'avant de s'en aller le pauvre homme voulait nous donner tout son savoir, nous le faire entrer dans la tête d'un seul coup.

La leçon finie, on passa à l'écriture. Pour ce jour-là, M. Hamel nous avait préparé des exemples tout neufs, sur lesquels était écrit en belle ronde : *France, Alsace, France, Alsace.* Cela faisait comme des petits drapeaux qui flottaient tout autour de la classe, pendus à la tringle de nos pupitres. Il fallait voir comme chacun s'appliquait, et quel silence ! On n'entendait rien que le grincement des plumes sur le papier. Un moment des hannetons entrèrent ; mais personne n'y fit attention, pas même les tout-petits qui s'appliquaient à tracer leurs *bâtons,* avec un cœur, une conscience, comme si cela encore était du français... Sur la toiture de l'école, des pigeons roucoulaient tout bas, et je me disais en les écoutant :

« Est-ce qu'on ne va pas les obliger à chanter en allemand, eux aussi ? »

De temps en temps, quand je levais les yeux de dessus ma page, je voyais M. Hamel immobile dans sa

1. « S'il tient sa langue, il tient la clef qui, de ses chaînes, le délivre » F. Mistral.

chaire et fixant les objets autour de lui, comme s'il avait voulu emporter dans son regard toute sa petite maison d'école... Pensez ! depuis quarante ans, il était là à la même place, avec sa cour en face de lui et sa classe toute pareille. Seulement les bancs, les pupitres s'étaient polis, frottés par l'usage ; les noyers de la cour avaient grandi, et le houblon qu'il avait planté lui-même enguirlandait maintenant les fenêtres jusqu'au toit. Quel crève-cœur ça devait être pour ce pauvre homme de quitter toutes ces choses, et d'entendre sa sœur qui allait, venait, dans la chambre au-dessus, en train de fermer leurs malles ! Car ils devaient partir le lendemain, s'en aller du pays pour toujours.

Tout de même, il eut le courage de nous faire la classe jusqu'au bout. Après l'écriture, nous eûmes la leçon d'histoire ; ensuite les petits chantèrent tous ensemble le BA BE BI BO BU. Là-bas, au fond de la salle, le vieux Hauser avait mis ses lunettes et, tenant son abécédaire à deux mains, il épelait les lettres avec eux. On voyait qu'il s'appliquait lui aussi ; sa voix tremblait d'émotion, et c'était si drôle de l'entendre, que nous avions tous envie de rire et de pleurer. Ah ! je m'en souviendrai de cette dernière classe...

Tout à coup, l'horloge de l'église sonna midi, puis l'*Angelus*. Au même moment, les trompettes des Prussiens qui revenaient de l'exercice éclatèrent sous nos fenêtres... M. Hamel se leva, tout pâle, dans sa chaire. Jamais il ne m'avait paru si grand.

« Mes amis, dit-il, mes, je... je... »

Mais quelque chose l'étouffait. Il ne pouvait pas achever sa phrase.

Alors il se tourna vers le tableau, prit un morceau

de craie, et, en appuyant de toutes ses forces, il écrivit aussi gros qu'il put :

« VIVE LA FRANCE ! »

Puis il resta là, la tête appuyée au mur, et, sans parler, avec sa main, il nous faisait signe :

« C'est fini... allez-vous-en. »

La partie de billard

Comme on se bat depuis deux jours et qu'ils ont passé la nuit sac au dos sous une pluie torrentielle, les soldats sont exténués. Pourtant voilà trois mortelles heures qu'on les laisse se morfondre, l'arme au pied, dans les flaques des grandes routes, dans la boue des champs détrempés.

Alourdis par la fatigue, les nuits passées, les uniformes pleins d'eau, ils se serrent les uns contre les autres pour se réchauffer, pour se soutenir. Il y en a qui dorment tout debout, appuyés au sac d'un voisin, et la lassitude, les privations se voient mieux sur ces visages détendus, abandonnés dans le sommeil. La pluie, la boue, pas de feu, pas de soupe, un ciel bas et noir, l'ennemi qu'on sent tout autour. C'est lugubre...

Qu'est-ce qu'on fait là. Qu'est-ce qui se passe ?

Les canons, la gueule tournée vers le bois, ont l'air de guetter quelque chose. Les mitrailleuses embusquées regardent fixement l'horizon. Tout semble prêt pour une attaque. Pourquoi n'attaque-t-on pas ? Qu'est-ce qu'on attend ?

On attend des ordres, et le quartier général n'en envoie pas.

Il n'est pas loin cependant le quartier général. C'est ce beau château Louis XIII dont les briques rouges, lavées par la pluie, luisent à mi-côte entre les massifs. Vraie demeure princière, bien digne de porter le fanion d'un maréchal de France. Derrière un grand fossé et une rampe de pierre qui les séparent de la route, les pelouses montent tout droit jusqu'au perron, unies et vertes, bordées de vases fleuris. De l'autre côté, du côté intime de la maison, les charmilles font des trouées lumineuses, la pièce d'eau où nagent des cygnes s'étale comme un miroir, et sous le toit en pagode d'une immense volière, lançant des cris aigus dans le feuillage, des paons, des faisans dorés battent des ailes et font la roue. Quoique les maîtres soient partis, on ne sent pas là l'abandon, le grand lâchez-tout de la guerre. L'oriflamme du chef de l'armée a préservé jusqu'aux moindres fleurettes des pelouses, et c'est quelque chose de saisissant de trouver, si près du champ de bataille, ce calme opulent qui vient de l'ordre des choses, de l'alignement correct des massifs, de la profondeur silencieuse des avenues.

La pluie, qui tasse là-bas de si vilaine boue sur les chemins et creuse des ornières si profondes, n'est plus ici qu'une ondée élégante, aristocratique, avivant la rougeur des briques, le vert des pelouses, lustrant les feuilles des orangers, les plumes blanches des cygnes. Tout reluit, tout est paisible. Vraiment, sans le drapeau qui flotte à la crête du toit, sans les deux soldats en faction devant la grille, jamais on ne se croirait au quartier général. Les chevaux reposent dans les écuries. Çà et là on rencontre des brosseurs, des ordonnances en petite tenue flânant aux abords des cuisines, ou quelque jardinier en pantalon rouge promenant tranquillement son râteau dans le sable des grandes cours.

La salle à manger, dont les fenêtres donnent sur le perron, laisse voir une table à moitié desservie, des bouteilles débouchées, des verres ternis et vides, blafards sur la nappe froissée, toute une fin de repas, les convives partis. Dans la pièce à côté, on entend des éclats de voix, des rires, des billes qui roulent, des verres qui se choquent. Le maréchal est en train de faire sa partie, et voilà pourquoi l'armée attend des ordres. Quand le maréchal a commencé sa partie, le ciel peut bien crouler, rien au monde ne saurait l'empêcher de la finir.

Le billard !

C'est sa faiblesse à ce grand homme de guerre. Il est là, sérieux comme à la bataille, en grande tenue, la poitrine couverte de plaques, l'œil brillant, les pommettes enflammées, dans l'animation du repas, du jeu, des grogs. Ses aides de camp l'entourent, empressés, respectueux, se pâmant d'admiration à chacun de ses coups. Quand le maréchal fait un point, tous se précipitent vers la marque ; quand le maréchal a soif, tous veulent lui préparer son grog. C'est un froissement d'épaulettes et de panaches, un cliquetis de croix et d'aiguillettes, et de voir tous ces jolis sourires, ces fines révérences de courtisans, tant de broderies et d'uniformes neufs, dans cette haute salle à boiseries de chêne, ouverte sur des parcs, sur des cours d'honneur, cela rappelle les automnes de Compiègne et repose un peu des capotes souillées qui se morfondent là-bas, au long des routes, et font des groupes si sombres sous la pluie.

Le partenaire du maréchal est un petit capitaine

d'état-major, sanglé, frisé, ganté de clair, qui est de première force au billard et capable de rouler tous les maréchaux de la terre, mais il sait se tenir à une distance respectueuse de son chef, et s'applique à ne pas gagner, à ne pas perdre non plus trop facilement. C'est ce qu'on appelle un officier d'avenir...

« Attention, jeune homme, tenons-nous bien. Le maréchal en a quinze et vous dix. Il s'agit de mener la partie jusqu'au bout comme cela, et vous aurez fait plus pour votre avancement que si vous étiez dehors avec les autres, sous ces torrents d'eau qui noient l'horizon, à salir votre bel uniforme, à ternir l'or de vos aiguillettes, attendant des ordres qui ne viennent pas. »

C'est une partie vraiment intéressante. Les billes courent, se frôlent, croisent leurs couleurs. Les bandes rendent bien, le tapis s'échauffe... Soudain la flamme d'un coup de canon passe dans le ciel. Un bruit sourd fait trembler les vitres. Tout le monde tressaille ; on se regarde avec inquiétude. Seul le maréchal n'a rien vu, rien entendu : penché sur le billard, il est en train de combiner un magnifique effet de recul ; c'est son fort, à lui, les effets de recul !...

Mais voilà un nouvel éclair, puis un autre. Les coups de canons se succèdent, se précipitent. Les aides de camp courent aux fenêtres. Est-ce que les Prussiens attaqueraient ?

« Eh bien, qu'ils attaquent ! dit le maréchal en mettant du blanc... A vous de jouer, capitaine. »

L'état-major frémit d'admiration. Turenne endormi sur un affût n'est rien auprès de ce maréchal, si calme devant son billard au moment de l'action... Pendant ce temps, le vacarme redouble. Aux secousses du canon se mêlent les déchirements des mitrailleuses, les roulements des feux de peloton. Une buée rouge, noire sur les bords, monte au bout des pelouses. Tout le fond du parc est embrasé. Les paons, les faisans effarés clament dans la volière ; les chevaux arabes, sentant la poudre, se cabrent au fond des écuries. Le quartier général commence à s'émouvoir. Dépêches sur dépêches. Les estafettes arrivent à bride abattue. On demande le maréchal.

Le maréchal est inabordable. Quand je vous disais que rien ne pourrait l'empêcher d'achever sa partie.

« A vous de jouer, capitaine. »

Mais le capitaine a des distractions. Ce que c'est pourtant que d'être jeune ! Le voilà qui perd la tête, oublie son jeu et fait coup sur coup deux séries, qui lui donnent presque partie gagnée. Cette fois le maréchal devient furieux. La surprise, l'indignation éclatent sur son mâle visage. Juste à ce moment, un cheval lancé ventre à terre s'abat dans la cour. Un aide de camp couvert de boue force la consigne, franchit le perron d'un saut : « Maréchal ! maréchal !... » Il faut voir comment il est reçu... Tout bouffant de colère et rouge comme un coq, le maréchal paraît à la fenêtre, sa queue de billard à la main :

« Qu'est-ce qu'il y a... ? Qu'est-ce que c'est ?... Il n'y a donc pas de factionnaire par ici ?

– Mais, maréchal...

– C'est bon... Tout à l'heure... Qu'on attende mes ordres, nom d... D... ! »

Et la fenêtre se referme avec violence.

Qu'on attende ses ordres !

C'est bien ce qu'ils font, les pauvres gens. Le vent leur chasse la pluie et la mitraille en pleine figure. Des bataillons entiers sont écrasés, pendant que d'autres

restent, inutiles, l'arme au bras, sans pouvoir se rendre compte de leur inaction. Rien à faire. On attend des ordres... Par exemple, comme on n'a pas besoin d'ordres pour mourir, les hommes tombent par centaines derrière les buissons, dans les fossés, en face du grand château silencieux. Même tombés, la mitraille les déchire encore, et par leurs blessures ouvertes coule sans bruit le sang généreux de la France... Là-haut, dans la salle de billard, cela chauffe terriblement : le maréchal a repris son avance ; mais le petit capitaine se défend comme un lion...

Dix-sept ! dix-huit ! dix-neuf !...

A peine a-t-on le temps de marquer les points. Le bruit de la bataille se rapproche. Le maréchal ne joue plus que pour un. Déjà des obus arrivent dans le parc. En voilà un qui éclate au-dessus de la pièce d'eau. Le miroir s'éraille ; un cygne nage, épeuré, dans un tourbillon de plumes sanglantes. C'est le dernier coup...

Maintenant, un grand silence. Rien que la pluie qui tombe sur les charmilles, un roulement confus au bas du coteau, et, par les chemins détrempés, quelque chose comme le piétinement d'un troupeau qui se hâte... L'armée est en pleine déroute. Le maréchal a gagné sa partie.

L'enfant espion

Il s'appelait Stenne, le petit Stenne.

C'était un enfant de Paris, malingre et pâle, qui pouvait avoir dix ans, peut-être quinze ; avec ces moucherons-là, on ne sait jamais. Sa mère était morte ; son père, ancien soldat de marine, gardait un square dans le quartier du Temple. Les babies, les bonnes, les vieilles dames à pliants, les mères pauvres, tout le Paris trotte-menu qui vient se mettre à l'abri des voitures dans ces parterres bordés de trottoirs, connaissaient le père Stenne et l'adoraient. On savait que, sous sa rude moustache, effroi des chiens et des traîneurs de bancs, se cachait un bon sourire attendri, presque maternel, et que, pour voir ce sourire, on n'avait qu'à dire au bonhomme :

« Comment va votre petit garçon ?... »

Il l'aimait tant, son garçon, le père Stenne ! Il était si heureux, le soir, après la classe, quand le petit venait le prendre et qu'ils faisaient tous deux le tour des allées, s'arrêtant à chaque banc pour saluer les habitués, répondre à leurs bonnes manières.

Avec le siège, malheureusement tout changea. Le square du père Stenne fut fermé, on y mit du pétrole, et le pauvre homme, obligé à une surveillance incessante, passait sa vie dans les massifs déserts et bouleversés, seul, sans fumer, n'ayant plus son garçon que le soir, bien tard, à la maison. Aussi il fallait voir sa moustache, quand il parlait des Prussiens... Le petit Stenne, lui, ne se plaignait pas trop de cette nouvelle vie.

Un siège ! C'est si amusant pour les gamins ! Plus d'école ! plus de mutuelle ! Des vacances tout le temps et la rue comme champ de foire...

L'enfant restait dehors jusqu'au soir, à courir. Il accompagnait les bataillons du quartier qui allaient au rempart, choisissant de préférence ceux qui avaient une bonne musique ; et là-dessus petit Stenne était très ferré. Il vous disait fort bien que celle du 96ᵉ ne valait pas grand-chose, mais qu'au 55ᵉ ils en avaient une excellente. D'autres fois, il regardait les mobiles faire l'exercice ; puis il y avait les queues...

Son panier sous le bras, il se mêlait à ces longues files qui se formaient dans l'ombre des matins d'hiver sans gaz, à la grille des bouchers, des boulangers. Là, les pieds dans l'eau, on faisait des connaissances, on causait politique, et comme fils de M. Stenne, chacun lui demandait son avis. Mais le plus amusant de tout, c'était encore les parties de bouchon, ce fameux jeu de *galoche* que les mobiles bretons avaient mis à la mode pendant le siège. Quand le petit Stenne n'était pas au rempart ni aux boulangeries, vous étiez sûr de le trouver à la partie de *galoche* de la place du Château-d'Eau. Lui ne jouait pas, bien entendu ; il faut trop d'argent. Il se contentait de regarder les joueurs avec des yeux !

Un, surtout, un grand en cotte bleue, qui ne misait que des pièces de cent sous, excitait son admiration. Quand il courait, celui-là, on entendait les écus sonner au fond de sa cotte...

Un jour, en ramassant une pièce qui avait roulé jusque sous les pieds du petit Stenne, le grand lui dit à voix basse :

« Ça te fait loucher, hein ?... Eh bien, si tu veux, je te dirai où on en trouve. »

La partie finie, il l'emmena dans un coin de la place et lui proposa de venir avec lui vendre des journaux aux Prussiens : on avait trente francs par voyage. D'abord Stenne refusa, très indigné ; et du coup, il resta trois jours sans retourner à la partie. Trois jours terribles. Il ne mangeait plus, il ne dormait plus. La nuit, il voyait des tas de galoches dressées au pied de son lit, et des pièces de cent sous qui filaient à plat, toutes luisantes. La tentation était trop forte. Le quatrième jour, il retourna au Château-d'Eau, revit le grand, se laissa séduire...

Ils partirent par un matin de neige, un sac de toile sur l'épaule, des journaux cachés sous leurs blouses. Quand ils arrivèrent à la porte de Flandres, il faisait à peine jour. Le grand prit Stenne par la main, et, s'approchant du factionnaire – un brave sédentaire qui avait le nez rouge et l'air bon –, il lui dit d'une voix de pauvre :

« Laissez-nous passer, mon bon monsieur... Notre mère est malade, papa est mort. Nous allons voir avec mon petit frère à ramasser des pommes de terre dans le champ. »

Il pleurait. Stenne, tout honteux, baissait la tête. Le factionnaire les regarda un moment, jeta un coup d'œil sur la route déserte et blanche.

« Passez vite », leur dit-il en s'écartant.

Et les voilà sur le chemin d'Aubervilliers. C'est le grand qui riait !

Confusément, comme dans un rêve, le petit Stenne voyait des usines transformées en casernes, des barricades désertes, garnies de chiffons mouillés, de longues cheminées qui trouaient le brouillard et montaient dans le ciel, vides, ébréchées. De loin en loin, une sentinelle, des officiers encapuchonnés qui regardaient là-bas avec des lorgnettes, et de petites tentes trempées de neige fondue devant des feux qui mouraient. Le grand connaissait les chemins, prenait à travers champs pour éviter les postes. Pourtant, ils arrivèrent, sans pouvoir y échapper, à une grand'garde de francs-tireurs. Les francs-tireurs étaient là avec leurs petits cabans, accroupis au fond d'une fosse pleine d'eau, tout le long du chemin de fer de Soissons. Cette fois le grand eut beau recommencer son histoire, on ne voulut pas les laisser passer. Alors, pendant qu'il se lamentait, de la maison du garde-barrière sortit sur la voie un vieux sergent, tout blanc, tout ridé, qui ressemblait au père Stenne :

« Allons ! mioches, ne pleurons plus ! dit-il aux enfants, on vous y laissera aller, à vos pommes de terre ; mais, avant, entrez vous chauffer un peu... Il a l'air gelé, ce gamin-là ! ».

Hélas ! Ce n'était pas de froid qu'il tremblait le petit Stenne, c'était de peur, c'était de honte... Dans le poste, ils trouvèrent quelques soldats blottis autour d'un feu maigre, un vrai feu de veuve, à la flamme duquel ils faisaient dégeler du biscuit au bout de leurs baïonnettes. On se serra pour faire place aux enfants. On leur donna la goutte, un peu de café. Pendant qu'ils buvaient, un officier vint sur la porte, appela le sergent, lui parla tout bas et s'en alla bien vite.

« Garçons ! dit le sergent en rentrant, radieux..., *y aura du tabac,* cette nuit... On a surpris le mot des Prussiens... Je crois que cette fois nous allons le leur reprendre, ce sacré Bourget ! »

Il y eut une explosion de bravos et de rires. On dansait, on chantait, on astiquait les sabres baïonnettes ; et, profitant de ce tumulte, les enfants disparurent.

Passé la tranchée, il n'y avait plus que la plaine, et au fond un long mur blanc troué de meurtrières. C'est vers ce mur qu'ils se dirigèrent, s'arrêtant à chaque pas pour faire semblant de ramasser des pommes de terre.

« Rentrons... N'y allons pas », disait tout le temps le petit Stenne.

L'autre levait les épaules et avançait toujours. Soudain ils entendirent le trictrac d'un fusil qu'on armait.

« Couche-toi ! » fit le grand, en se jetant par terre.

Une fois couché, il siffla. Un autre sifflet répondit sur la neige. Ils s'avancèrent en rampant... Devant le mur, au ras du sol, parurent deux moustaches jaunes sous un béret crasseux. Le grand sauta dans la tranchée, à côté du Prussien :

« C'est mon frère », dit-il en montrant son compagnon.

Il était si petit, ce Stenne, qu'en le voyant, le Prussien se mit à rire et fut obligé de le prendre dans ses bras pour le hisser jusqu'à la brèche.

De l'autre côté du mur, c'étaient de grands remblais de terre, des arbres couchés, des trous noirs dans la neige, et dans chaque trou le même béret crasseux, les mêmes moustaches jaunes qui riaient en voyant passer les enfants.

Dans un coin, une maison de jardinier casematée de troncs d'arbres. Le bas était plein de soldats qui jouaient aux cartes, faisaient la soupe sur un grand feu clair. Cela sentait bon les choux, le lard ; quelle différence avec le bivouac des francs-tireurs ! En haut, les

officiers. On les entendait jouer au piano, déboucher du vin de Champagne. Quand les Parisiens entrèrent, un hurrah de joie les accueillit. Ils donnèrent leurs journaux ; puis on leur versa à boire et on les fit causer. Tous ces officiers avaient l'air fier et méchant ; mais le grand les amusait avec sa verve faubourienne, son vocabulaire de voyou. Ils riaient, répétaient ses mots après lui, se roulaient avec délice dans cette boue de Paris qu'on leur apportait.

Le petit Stenne aurait bien voulu parler, lui aussi, prouver qu'il n'était pas une bête ; mais quelque chose le gênait. En face de lui se tenait à part un Prussien plus âgé, plus sérieux que les autres, qui lisait, ou plutôt faisait semblant, car ses yeux ne le quittaient pas. Il y avait dans ce regard de la tendresse et des reproches, comme si cet homme avait eu au pays un enfant du même âge que Stenne, et qu'il se fût dit :

« J'aimerais mieux mourir que de voir mon fils faire un métier pareil... »

A partir de ce moment, Stenne sentit comme une main qui se posait sur son cœur et l'empêchait de battre.

Pour échapper à cette angoisse, il se mit à boire. Bientôt tout tourna autour de lui. Il entendait vaguement, au milieu de gros rires, son camarade qui se moquait des gardes nationaux, de leur façon de faire l'exercice, imitait une prise d'armes au Marais, une alerte de nuit sur les remparts. Ensuite le grand baissa la voix, les officiers se rapprochèrent et les figures devinrent graves. Le misérable était en train de les prévenir de l'attaque des francs-tireurs...

Pour le coup, le petit Stenne se leva, furieux, dégrisé :

« Pas cela, grand... Je ne veux pas. »

Mais l'autre ne fit que rire et continua. Avant qu'il eût fini, tous les officiers étaient debout. Un d'eux montra la porte aux enfants :

« F... le camp ! » leur dit-il.

Et ils se mirent à causer entre eux, très vite, en allemand. Le grand sortit, fier comme un doge, en faisant sonner son argent. Stenne le suivit, la tête basse ; et lorsqu'il passa près du Prussien dont le regard l'avait tant gêné, il entendit une voix triste qui disait :

« Bas chôli, ça... Bas chôli... »

Les larmes lui en vinrent aux yeux.

Une fois dans la plaine, les enfants se mirent à courir et rentrèrent rapidement. Leur sac était plein de pommes de terre que leur avaient données les Prussiens ; avec cela ils passèrent sans encombre à la tranchée des francs-tireurs. On s'y préparait pour l'attaque de la nuit. Des troupes arrivaient, silencieuses, se massant derrière les murs. Le vieux sergent était là, occupé à placer ses hommes, l'air si heureux ! Quand les enfants passèrent, il les reconnut et leur envoya un bon sourire...

Oh ! que ce sourire fit mal au petit Stenne ! Un moment il eut envie de crier :

« N'allez pas là-bas... nous vous avons trahis. »

Mais l'autre lui avait dit : « Si tu parles, nous serons fusillés », et la peur le retint...

A La Courneuve, ils entrèrent dans une maison abandonnée pour partager l'argent. La vérité m'oblige à dire que le partage fut fait honnêtement, et que d'entendre sonner ces beaux écus sous sa blouse, de penser aux parties de *galoche* qu'il avait là en perspective, le petit Stenne ne trouvait pas son crime aussi affreux.

Mais, lorsqu'il fut seul, le malheureux enfant ! lorsque, après les portes, le grand l'eut quitté, alors ses poches commencèrent à devenir bien lourdes, et la main qui lui serrait le cœur le serra plus fort que jamais. Paris ne lui semblait plus le même. Les gens qui passaient le regardaient sévèrement, comme s'ils avaient su d'où il venait. Le mot espion, il l'entendait dans le bruit des roues, dans le battement des tambours qui s'exerçaient le long du canal. Enfin il arriva chez lui, et, tout heureux de voir que son père n'était pas encore rentré, il monta vite dans leur chambre cacher sous son oreiller ces écus qui lui pesaient tant.

Jamais le père Stenne n'avait été si bon, si joyeux qu'en rentrant ce soir-là. On venait de recevoir des nouvelles de province : les affaires du pays allaient mieux. Tout en mangeant, l'ancien soldat regardait son fusil pendu à la muraille, et il disait à l'enfant, avec son bon rire :

« Hein, garçon, comme tu irais aux Prussiens, si tu étais grand ! »

Vers huit heures, on entendit le canon.

« C'est Aubervilliers... On se bat au Bourget », fit le bonhomme, qui connaissait tous ses forts. Le petit Stenne devint pâle, et, prétextant une grande fatigue, il alla se coucher, mais il ne dormit pas. Le canon tonnait toujours. Il se représentait les francs-tireurs arrivant de nuit pour surprendre les Prussiens et tombant eux-mêmes dans une embuscade[1]. Il se rappelait le ser-

1. Le Bourget, alors position stratégique importante à un nœud de routes, avait été brillamment réoccupé, le 28 octobre 1870, puis, le surlendemain 30, repris de haute lutte par plus de 30 000 Allemands. Une nouvelle tentative d'attaque par surprise échoua en effet le 11 décembre.

gent qui lui avait souri, le voyait étendu là-bas dans la neige, et combien d'autres avec lui !... Le prix de tout ce sang se cachait là, sous son oreiller, et c'était lui, le fils de M. Stenne, d'un soldat... Les larmes l'étouffaient. Dans la pièce à côté, il entendait son père marcher, ouvrir la fenêtre. En bas, sur la place, le rappel sonnait, un bataillon de mobiles se numérotait pour partir. Décidément, c'était une vraie bataille. Le malheureux ne put retenir un sanglot.

« Qu'as-tu donc ? » dit le père Stenne en entrant.

L'enfant n'y tint plus, sauta de son lit et vint se jeter aux pieds de son père. Au mouvement qu'il fit, les écus roulèrent par terre.

« Qu'est-ce que cela ? Tu as volé ? » dit le vieux en tremblant.

Alors, tout d'une haleine, le petit Stenne raconta qu'il était allé chez les Prussiens et ce qu'il y avait fait. A mesure qu'il parlait, il se sentait le cœur plus libre, cela le soulageait de s'accuser... Le père Stenne écoutait, avec une figure terrible. Quand ce fut fini, il cacha sa tête dans ses mains et pleura.

« Père, père !... » voulut dire l'enfant.

Le vieux le repoussa sans répondre, et ramassa l'argent.

« C'est tout ? » demanda-t-il.

Le petit Stenne fit signe que c'était tout. Le vieux décrocha son fusil, sa cartouchière, et, mettant l'argent dans sa poche :

« C'est bon, dit-il, je vais le leur rendre. »

Et, sans ajouter un mot, sans seulement retourner la tête, il descendit se mêler aux mobiles qui partaient dans la nuit. On ne l'a jamais revu depuis.

La pendule de Bougival

DE BOUGIVAL A MUNICH

C'était une pendule du Second Empire, une de ces pendules en onyx algérien, ornées de dessins Campana, qu'on achète boulevard des Italiens, avec leur clef dorée pendue en sautoir au bout d'un ruban rose. Tout ce qu'il y a de plus mignon, de plus moderne, de plus article de Paris. Une vraie pendule des Bouffes, sonnant d'un joli timbre clair, mais sans un grain de bon sens, pleine de lubies, de caprices, marquant les heures à la diable, passant les demies, n'ayant jamais su bien dire que l'heure de la Bourse à monsieur et l'heure du berger à madame. Quand la guerre éclata, elle était en villégiature à Bougival, faite exprès pour ces palais d'été si fragiles, ces jolies cages à mouches en papier découpé, ces mobiliers d'une saison, guipure et mousseline flottant sur des transparents de soie claire. A l'arrivée des Bavarois, elle fut une des premières enlevées ; et, ma foi ! il faut avouer que ces gens d'outre-Rhin sont des emballeurs bien habiles, car cette pendule-joujou, guère plus grosse qu'un œuf de tourterelle, put faire au milieu des canons Krupp et des fourgons chargés de mitraille le voyage de Bougival à Munich, arriver sans une fêlure, et se montrer dès le lendemain, Odeon-Platz, à la devanture d'Augustus Cahn, le marchand de curiosités, fraîche, coquette, ayant toujours ses deux fines aiguilles, noires et recourbées comme des cils, et sa petite clef en sautoir au bout d'un ruban neuf.

L'ILLUSTRE DOCTEUR-PROFESSEUR OTTO DE SCHWANTHALER

Ce fut un événement dans Munich. On n'y avait pas encore vu de pendule de Bougival, et chacun venait regarder celle-là aussi curieusement que les coquilles japonaises du musée de Siebold. Devant le magasin d'Augustus Cahn, trois rangs de grosses pipes fumaient du matin au soir, et le bon populaire de Munich se demandait avec des yeux ronds et des *Mein Gott* de stupéfaction à quoi pouvait servir cette singulière petite machine. Les journaux illustrés donnèrent sa reproduction. Ses photographies s'étalèrent dans toutes les vitrines ; et c'est en son honneur que l'illustre docteur-professeur Otto de Schwanthaler composa son fameux *Paradoxe sur les Pendules*, étude philosophico-humoristique en six cents pages, où il est traité de l'influence des pendules sur la vie des peuples et logiquement démontré qu'une nation assez folle pour régler l'emploi de son temps sur des chronomètres aussi détraqués que cette petite pendule de Bougival devait s'attendre à toutes les catastrophes, ainsi qu'un navire qui s'en irait en mer avec une boussole désorientée. (La phrase est un peu longue, mais je la traduis textuellement.)

Les Allemands ne faisant rien à la légère, l'illustre

docteur-professeur voulut, avant d'écrire son *Paradoxe*, avoir le sujet sous les yeux pour l'étudier à fond, l'analyser minutieusement comme un entomologiste ; il acheta donc la pendule, et c'est ainsi qu'elle passa de la devanture d'Augustus Cahn dans le salon de l'illustre docteur-professeur Otto de Schwanthaler, conservateur de la Pinacothèque, membre de l'Académie des sciences et beaux-arts, en son domicile privé, Ludwigstrasse, 24.

LE SALON DES SCHWANTHALER

Ce qui frappait d'abord en entrant dans le salon des Schwanthaler, académique et solennel comme une salle de conférences, c'était une grande pendule à sujet en marbre sévère, avec une Polymnie de bronze et des rouages très compliqués. Le cadran principal s'entourait de cadrans plus petits, et l'on avait là les heures, les minutes, les saisons, les équinoxes, tout, jusqu'aux transformations de la lune dans un nuage bleu clair au milieu du socle. Le bruit de cette puissante machine remplissait toute la maison. Du bas de l'escalier, on entendait le lourd balancier s'en allant d'un mouvement grave, accentué, qui semblait couper et mesurer la vie en petits morceaux tout pareils ; sous ce tic-tac sonore couraient les trépidations de l'aiguille se démenant dans le cadre des secondes avec la fièvre laborieuse d'une araignée qui connaît le prix du temps.

Puis l'heure sonnait, sinistre, et lente comme une horloge de collège, et chaque fois que l'heure sonnait, il se passait quelque chose dans la maison des Schwanthaler. C'était M. Schwanthaler qui s'en allait à la

Pinacothèque, chargé de paperasses, ou la haute dame de Schwanthaler revenant du sermon avec ses trois demoiselles, trois longues filles enguirlandées qui avaient l'air de perches à houblon ; ou bien les leçons de cithare, de danse, de gymnastique, les clavecins qu'on ouvrait, les métiers à broderies, les pupitres à musique d'ensemble qu'on roulait au milieu du salon, tout cela si bien réglé, si compassé, si méthodique, que d'entendre tous ces Schwanthaler se mettre en branle au premier coup de timbre, entrer, sortir par les portes ouvertes à deux battants, on songeait au défilé des apôtres dans l'horloge de Strasbourg, et l'on s'attendait toujours à voir sur le dernier coup la famille Schwanthaler rentrer et disparaître dans sa pendule.

SINGULIÈRE INFLUENCE DE LA PENDULE DE BOUGIVAL SUR UNE HONNÊTE FAMILLE DE MUNICH

C'est à côté de ce monument qu'on avait mis la pendule de Bougival, et vous voyez d'ici l'effet de sa petite mine chiffonnée. Voilà qu'un soir les dames de Schwanthaler étaient en train de broder dans le grand salon et l'illustre docteur-professeur lisait à quelques collègues de l'Académie des sciences les premières pages du *Paradoxe*, s'interrompant de temps en temps pour prendre la petite pendule et faire pour ainsi dire des démonstrations au tableau... Tout à coup, Eva de Schwanthaler, poussée par je ne sais quelle curiosité maudite, dit à son père en rougissant :

« O papa, faites-la sonner. »

Le docteur dénouant la clef, donna deux tours, et aussitôt on entendit un petit timbre de cristal si clair, si vif, qu'un frémissement de gaieté réveilla la grave assemblée. Il y eut des rayons dans tous les yeux :

« Que c'est joli ! que c'est joli ! » disaient les demoiselles de Schwanthaler, avec un petit air animé et des frétillements de natte qu'on ne leur connaissait pas.

Alors M. de Schwanthaler, d'une voix triomphante :

« Regardez-la, cette folle de française ! elle sonne huit heures, et elle en marque trois ! »

Cela fit beaucoup rire tout le monde, et, malgré l'heure avancée, ces messieurs se lancèrent à corps perdu dans des théories philosophiques et des considérations interminables sur la légèreté du peuple français. Personne ne pensait plus à s'en aller. On n'entendit même pas sonner au cadran de Polymnie ce terrible coup de dix heures qui dispersait d'ordinaire toute la société. La grande pendule n'y comprenait rien. Elle n'avait jamais tant vu de gaieté dans la maison Schwanthaler, ni du monde au salon si tard. Le diable c'est que lorsque les demoiselles de Schwanthaler furent rentrées dans leur chambre, elles se sentirent l'estomac creusé par la veille et le rire, comme des envies de souper ; et la sentimentale Minna, elle-même, disait en s'étirant les bras :

« Ah ! je mangerais bien une patte de homard. »

« DE LA GAIETÉ, MES ENFANTS, DE LA GAIETÉ ! »

Une fois remontée, la pendule de Bougival reprit sa vie déréglée, ses habitudes de dissipation. On avait commencé par rire de ses lubies ; mais, peu à peu, à force d'entendre ce joli timbre qui sonnait à tort et à travers, la grave maison de Schwanthaler perdit le respect du temps et prit les jours avec une aimable insouciance. On ne songea plus qu'à s'amuser ; la vie paraissait si courte, maintenant que toutes les heures étaient confondues ! Ce fut un bouleversement général. Plus de sermon, plus d'études ! Un besoin de bruit, d'agitation. Mendelssohn et Schumann semblèrent trop monotones ; on les remplaça par la *Grande-Duchesse*, le *Petit Faust*, et ces demoiselles tapaient, sautaient, et l'illustre docteur-professeur, pris lui aussi d'une sorte de vertige, ne se lassait pas de dire :

« De la gaieté, mes enfants, de la gaieté !... »

Quant à la grande horloge, il n'en fut plus question. Ces demoiselles avaient arrêté le balancier, prétextant qu'il les empêchait de dormir, et la maison s'en alla toute au caprice du cadran désheuré.

C'est alors que parut le fameux *Paradoxe sur les Pendules*. A cette occasion, les Schwanthaler donnèrent une grande soirée, non plus une de leurs soirées académiques d'autrefois, sobres de lumières et de bruit, mais un magnifique bal travesti, où Mme de Schwanthaler et ses filles parurent en canotières de Bougival, les bras nus, la jupe courte, et le petit chapeau plat à rubans éclatants. Toute la ville en parla, mais ce n'était que le commencement. La comédie, les tableaux vivants, les soupers, le baccara : voilà ce que Munich scandalisé vit défiler tout un hiver dans le salon de l'académicien.

« De la gaieté, mes enfants, de la gaieté !... » répétait le pauvre bonhomme de plus en plus affolé.

Et tout ce monde-là était très gai en effet. Mme de Schwanthaler, mise en goût par ses succès de canotière, passait sa vie sur l'Isar en costumes extravagants. Ces demoiselles, restées seules au logis, prenaient des leçons de français avec des officiers de hussards prisonniers dans la ville ; et la petite pendule, qui avait toutes raisons de se croire encore à Bougival, jetait les heures à la volée en sonnant toujours huit quand elle en marquait trois... Puis, un matin, ce tourbillon de gaieté folle emporta la famille Schwanthaler en Amérique, et les plus beaux Titien de la Pinacothèque suivirent dans sa fuite leur illustre conservateur.

CONCLUSION

Après le départ des Schwanthaler, il y eut dans Munich comme une épidémie de scandales. On vit successivement une chanoinesse enlever un baryton, le doyen de l'Institut épouser une danseuse, un conseiller aulique faire sauter la coupe, le couvent des dames nobles fermé pour tapage nocturne...

O malice des choses ! Il semblait que cette petite pendule était fée et qu'elle avait pris à tâche d'ensorceler toute la Bavière. Partout où elle passait, partout où sonnait son joli timbre à l'évent, il affolait, détraquait les cervelles. Un jour, d'étape en étape, elle arriva jusqu'à la résidence ; et depuis lors, savez-vous quelle partition le roi Louis, ce wagnérien enragé, a toujours ouverte sur son piano ?...

Les Maîtres chanteurs ?

Non !... *Le Phoque à ventre blanc !*

Ça leur apprendra à se servir de nos pendules.

Le turco de la Commune

C'était un petit timbalier de tirailleurs indigènes. Il s'appelait Kadour, venait de la tribu du Djendel, et faisait partie de cette poignée de turcos qui s'étaient jetés dans Paris à la suite de l'armée de Vinoy. De Wissembourg jusqu'à Champigny, il avait fait toute la campagne, traversant les champs de bataille comme un oiseau de tempête, avec ses cliquettes de fer et sa *derbouka* (tambour arabe) ; si vif, si remuant, que les balles ne savaient où le prendre. Mais quand l'hiver fut venu, ce petit bronze africain rougi au feu de la mitraille ne put supporter les nuits de grand'garde, l'immobilité dans la neige ; et, un matin de janvier, on le ramassa au bord de la Marne, les pieds gelés, tordu par le froid. Il resta longtemps à l'ambulance. C'est là que je le vis pour la première fois.

Triste et patient comme un chien malade, le turco regardait autour de lui avec un grand œil doux. Quand on lui parlait, il souriait et montrait ses dents. C'est tout ce qu'il pouvait faire ; car notre langue lui était inconnue, et à peine s'il parlait le *sabir,* ce patois algérien composé de provençal, d'italien, d'arabe, fait de mots bariolés ramassés comme des coquillages tout le long des mers latines.

Pour se distraire, Kadour n'avait que sa *derbouka.* De temps en temps, quand il s'ennuyait trop, on la lui apportait sur son lit et on lui permettait d'en jouer, mais pas trop fort, à cause des autres malades. Alors sa pauvre figure noire, si terne, si éteinte dans le jour jaune et ce triste paysage d'hiver qui montait de la rue, s'animait, grimaçait, suivait tous les mouvements du rythme. Tantôt il battait la charge, et l'éclair de ses dents blanches passait dans un rire féroce ; ou bien ses yeux se mouillaient à quelque aubade musulmane, sa narine se gonflait, et dans l'odeur fade de l'ambulance, au milieu des fioles et des compresses, il revoyait les bois de Blidah chargés d'oranges et les petites Mauresques sortant du bain, masquées de blanc et parfumées de verveine.

Deux mois se passèrent ainsi. Paris, en ces deux mois, avait bien fait des choses ; mais Kadour ne s'en doutait pas. Il avait entendu passer sous ses fenêtres le troupeau las et désarmé qui rentrait, plus loin les canons promenés, roulés du matin au soir, puis le tocsin, la canonnade. A tout cela, il ne comprit rien, sinon qu'on était toujours en guerre et qu'il allait pouvoir se battre, puisque ses jambes étaient guéries. Le voilà parti, son tambour sur le dos, en quête de sa compagnie. Il ne chercha pas longtemps. Des fédérés qui passaient l'emmenèrent à la place. Après un long interrogatoire, comme on n'en pouvait rien tirer que des *bono bezef, macache bono,* le général de ce jour-là finit par lui donner dix francs, un cheval d'omnibus, et l'attacha à son état-major.

Il y avait un peu de tout dans ces états-majors de la Commune, des souquenilles rouges, des mantes polonaises, des justaucorps hongrois, des vareuses de marin, et de l'or, du velours, des paillons, des chamarrures. Avec sa veste bleue, brodée de jaune, son turban, sa *derbouka,* le turco vint compléter la mascarade. Tout joyeux de se trouver en si belle compagnie, grisé par le soleil, la canonnade, le train des rues, cette confusion d'armes et d'uniformes, persuadé d'ailleurs que c'était la guerre contre la Prusse qui continuait avec je ne sais quoi de plus vivant, de plus libre, ce déserteur sans le savoir se mêla naïvement à la grande bacchanale parisienne et fut une célébrité du moment. Partout, sur son passage, les fédérés l'acclamaient, lui faisaient fête. La Commune était si fière de l'avoir qu'elle le montrait, l'affichait, le portait comme une cocarde. Vingt fois par jour la place l'envoyait à la Guerre, la Guerre à l'Hôtel-de-Ville. Car, enfin, on leur avait tant dit que leurs marins étaient de faux marins, leurs artilleurs de faux artilleurs !... Au moins, celui-là était bien un vrai turco. Pour s'en convaincre, on n'avait qu'à regarder cette frimousse éveillée de jeune singe, et toute la sauvagerie de ce petit corps s'agitant sur son grand cheval, dans les voltiges de la fantasia.

Quelque chose pourtant manquait au bonheur de Kadour. Il aurait voulu se battre, faire parler la poudre. Malheureusement, sous la Commune, c'était comme sous l'Empire, les états-majors n'allaient pas souvent au feu. En dehors des courses et des parades, le pauvre turco passait son temps sur la place Vendôme ou dans les cours du ministère de la Guerre, au milieu de ces camps désordonnés pleins de barils d'eau-de-vie toujours en perce, de tonnes de lard défoncées, de ripailles en plein vent où l'on sentait encore tout l'affamement du siège. Trop bon musulman pour prendre part à ces orgies, Kadour se tenait à l'écart, sobre et tranquille, faisait ses ablutions dans un coin, son kouss-kouss avec une poignée de semoule ; puis, après un petit air de *derbouka,* il se roulait dans son burnous et s'endormait sur un perron, à la flamme des bivouacs.

Un matin du mois de mai, le turco fut réveillé par une fusillade terrible. Le ministère était en émoi ; tout le monde courait, s'enfuyait. Machinalement il fit comme les autres, sauta sur son cheval et suivit l'état-major. Les rues étaient pleines de clairons affolés, de bataillons en débandade. On dépavait, on barricadait. Evidemment il se passait quelque chose d'extraordinaire... A mesure qu'on approchait du quai, la fusillade était plus distincte, le tumulte plus grand. Sur le pont de la Concorde, Kadour perdit l'état-major. Un peu plus loin, on lui prit son cheval ; c'était pour un képi à huit galons très pressé d'aller voir ce qui se passait à l'Hôtel-de-Ville. Furieux, le turco se mit à courir du côté de la bataille. Tout en courant, il armait son chassepot et disait entre ses dents : *Macache bono Brissien...,* car pour lui c'étaient les Prussiens qui venaient d'entrer. Déjà les balles sifflaient autour de l'obélisque, dans le feuillage des Tuileries. A la barricade de la rue de Rivoli, des vengeurs de Flourens l'appelèrent : « Hé ! turco ! turco !... » Ils n'étaient plus qu'une douzaine, mais Kadour, à lui seul, valait toute une armée.

Debout sur la barricade, fier et voyant comme un drapeau, il se battait avec des bonds, des cris, sous une grêle de mitraille. A un moment, le rideau de fumée qui s'élevait de terre s'écarta un peu entre deux canonnades et lui laissa voir des pantalons rouges massés

dans les Champs-Elysées. Ensuite tout redevint confus. Il crut s'être trompé et fit parler la poudre de plus belle.

Tout à coup, la barricade se tut. Le dernier artilleur venait de s'enfuir en lâchant sa dernière volée. Le turco, lui, ne bougea pas. Embusqué, prêt à bondir, il ajusta solidement sa baïonnette et attendit les casques à pointes... C'est la ligne qui arriva !... Dans le bruit sourd du pas de charge, les officiers criaient :

« Rendez-vous !... »

Le turco eut une minute de stupeur, puis s'élança le fusil en l'air :

« Bono, bono, Francèse !... »

Vaguement, dans son idée de sauvage, il se figurait que c'était là cette armée de délivrance. Faidherbe ou Chanzy, que les Parisiens attendaient depuis si longtemps. Aussi comme il était heureux, comme il leur riait de toutes ses dents blanches !... En un clin d'œil, la barricade fut envahie. On l'entoure, on le bouscule.

« Fais voir ton fusil. »

Son fusil était encore chaud.

« Fais voir tes mains. »

Ses mains étaient noires de poudre. Et le turco les montrait fièrement, toujours avec son bon rire. Alors on le pousse contre un mur, et ran !...

Il est mort sans y avoir rien compris...

La bataille du Père-Lachaise

Le gardien se mit à rire :

« Une bataille ici ?... mais il n'y a jamais eu de bataille. C'est une invention des journaux... Voici tout simplement ce qui s'est passé. Dans la soirée du 22, qui était donc un dimanche, nous avons vu arriver une trentaine d'artilleurs fédérés avec une batterie de pièces de sept et une mitrailleuse nouveau système. Ils ont pris position tout en haut du cimetière ; et comme justement j'ai cette section-là sous ma surveillance, c'est moi qui les ai reçus. Leur mitrailleuse était à ce coin d'allée, près de ma guérite ; leurs canons, un peu plus bas, sur ce terre-plein. En arrivant, ils m'ont obligé à leur ouvrir plusieurs chapelles. Je croyais qu'ils allaient tout casser, tout piller là-dedans ; mais leur chef y mit bon ordre, et, se plaçant au milieu d'eux, leur fit ce petit discours :

« — Le premier cochon qui touche quelque chose, je lui brûle la gueule... Rompez les rangs !... »

« C'était un vieux tout blanc, médaillé de Crimée et d'Italie, et qui n'avait pas l'air commode. Ses hommes se le tinrent pour dit, et je dois leur rendre cette justice qu'ils n'ont rien pris dans les tombes, pas même le crucifix du duc de Morny, qui vaut à lui seul près de deux mille francs.

« C'était pourtant un ramassis de bien vilain monde, ces artilleurs de la Commune. Des canonniers d'occasion, qui ne songeaient qu'à siffler leurs trois francs cinquante de haute paye... Il fallait voir la vie qu'ils menaient dans ce cimetière ! Ils couchaient à tas dans les caveaux, chez Morny, chez Favronne, ce beau tombeau Favronne où la nourrice de l'empereur est enterrée. Ils mettaient leur vin au frais dans le tombeau Champeaux, où il y a une fontaine ; puis ils faisaient venir des femmes. Et toute la nuit ça buvait, ça godaillait. Ah ! je vous réponds que nos morts en ont entendu de drôles.

« Tout de même, malgré leur maladresse, ces bandits-là faisaient beaucoup de mal à Paris. Leur position était si belle. De temps en temps il leur arrivait un ordre :

« – Tirez sur le Louvre... tirez sur le Palais-Royal.

« Alors le vieux pointait les pièces, et les obus à pétrole s'en allaient sur la ville à toute volée. Ce qui se passait en bas, personne de nous ne le savait au juste. On entendait la fusillade se rapprocher petit à petit ; mais les fédérés ne s'en inquiétaient pas. Avec les feux croisés de Chaumont, de Montmartre, du Père-Lachaise, il ne leur paraissait pas possible que les Versaillais pussent avancer. Ce qui les dégrisa, c'est le premier obus que la marine nous envoya en arrivant sur la butte Montmartre.

« On s'y attendait si peu !

« Moi-même j'étais au milieu d'eux, appuyé contre Morny, en train de fumer ma pipe. En entendant venir les bombes, je n'eus que le temps de me jeter par terre.

D'abord nos canonniers crurent que c'était une erreur de tir, ou quelque collègue en ribotte... Mais va te promener ! Au bout de cinq minutes, voilà Montmartre qui éclaire encore et un autre pruneau qui nous arrive, aussi d'aplomb que le premier. Pour le coup, mes gaillards plantèrent là leurs canons et leur mitrailleuse et se sauvèrent à toutes jambes. Le cimetière n'était pas assez large pour eux. Ils criaient :

« – Nous sommes trahis... Nous sommes trahis...

« Le vieux, lui, resté tout seul sous les obus, se démenait comme un beau diable au milieu de sa batterie, et pleurait de rage de voir que ses canonniers l'avaient laissé.

« Cependant, vers le soir, il lui en revint quelques-uns, à l'heure de la paye. Tenez ! monsieur, regardez sur ma guérite. Il y a encore les noms de ceux qui sont venus pour toucher ce soir-là. Le vieux appelait et les inscrivait à mesure :

« Sidain, présent ; Choudeyras, présent ; Billot, Vollon...

« Comme vous voyez, ils n'étaient plus que quatre ou cinq ; mais ils avaient des femmes avec eux... Ah ! je ne l'oublierai jamais ce soir de paye. En bas, Paris flambait, l'Hôtel-de-Ville, l'Arsenal, les greniers d'abondance. Dans le Père-Lachaise, on y voyait comme en plein jour. Les fédérés essayèrent encore de se remettre aux pièces ; mais ils n'étaient pas assez nombreux, et puis Montmartre leur faisait peur. Alors ils entrèrent dans un caveau et se mirent à boire et à chanter avec leurs gueuses. Le vieux s'était assis entre ces deux grandes figures de pierre qui sont à la porte du tombeau Favronne, et il regardait Paris brûler avec un air terrible. On aurait dit qu'il se doutait que c'était sa dernière nuit.

« A partir de ce moment, je ne sais plus bien ce qui est arrivé. Je suis rentré chez nous, cette petite baraque que vous voyez là-bas, perdue dans les branches. J'étais très fatigué. Je me suis mis sur mon lit, tout habillé, en gardant ma lampe allumée comme dans une nuit d'orage... Tout à coup on frappe à la porte brusquement. Ma femme va ouvrir, toute tremblante. Nous croyions voir encore les fédérés... C'était la marine. Un commandant, des enseignes, un médecin. Ils m'ont dit :

« — Levez-vous... faites-nous du café.

« Je me suis levé, j'ai fait leur café. On entendait dans le cimetière un murmure, un mouvement confus comme si tous les morts s'éveillaient pour le dernier jugement. Les officiers ont bu bien vite, tout debout, puis ils m'ont emmené dehors avec eux.

« C'était plein de soldats, de marins. Alors on m'a placé à la tête d'une escouade, et nous nous sommes mis à fouiller le cimetière, tombeau par tombeau. De temps en temps, les soldats, voyant remuer les feuilles, tiraient un coup de fusil au fond d'une allée, sur un buste, dans un grillage. Par-ci, par-là, on découvrait quelque malheureux caché dans un coin de chapelle. Son affaire n'était pas longue... C'est ce qui arriva pour mes artilleurs. Je les trouvai tous, hommes, femmes, en tas devant ma guérite, avec le vieux médaillé par-dessus. Ce n'est pas gai à voir dans le petit jour du matin... Brr... Mais ce qui me saisit le plus, c'est une longue file de gardes nationaux qu'on amenait à ce moment-là de la prison de la Roquette, où ils avaient passé la nuit. Ça montait la grande allée,

lentement, comme un convoi. On n'entendait pas un mot, pas une plainte. Ces malheureux étaient si éreintés, si aplatis ! Il y en avait qui dormaient en marchant, et l'idée qu'ils allaient mourir ne les réveillait pas. On les fit passer dans le fond du cimetière, et la fusillade commença. Ils étaient cent quarante-sept. Vous pensez si ça a duré longtemps... C'est ce qu'on appelle la bataille du Père-Lachaise... »

Ici, le bonhomme, apercevant son brigadier, me quitta brusquement, et je restai seul à regarder sur sa guérite ces noms de la dernière paye écrits à la lueur de Paris incendié. J'évoquais cette nuit de mai, traversée d'obus, rouge de sang et de flammes, ce grand cimetière désert éclairé comme une ville en fête, les canons abandonnés au milieu du carrefour, tout autour les caveaux ouverts, l'orgie dans les tombes, et près de là, dans ce fouillis de dômes, de colonnes, d'images de pierre que les soubresauts de la flamme faisaient vivre, le buste au large front, aux grands yeux, de Balzac qui regardait.

Les petits pâtés

I

Ce matin-là, qui était un dimanche, le pâtissier Sureau, de la rue de Turenne, appela son mitron, et lui dit :

« Voilà les petits pâtés de M. Bonnicar... va les porter et reviens vite... Il paraît que les Versaillais sont entrés dans Paris. »

Le petit, qui n'entendait rien à la politique, mit les pâtés tout chauds dans sa tourtière, la tourtière dans une serviette blanche et le tout d'aplomb sur sa barrette, partit au galop pour l'île Saint-Louis, où logeait

M. Bonnicar. La matinée était magnifique, un de ces grands soleils de mai qui emplissent les fruiteries de bottes de lilas et de cerises en bouquets. Malgré la fusillade lointaine et les appels des clairons au coin des rues, tout ce vieux quartier du Marais gardait sa physionomie paisible. Il y avait du dimanche dans l'air, des rondes d'enfants au fond des cours, de grandes filles jouant au volant devant les portes, et cette petite silhouette blanche, qui trottait au milieu de la chaussée déserte dans un bon parfum de pâte chaude, achevait de donner à ce matin de bataille quelque chose de naïf et d'endimanché. Toute l'animation du quartier semblait s'être répandue dans la rue de Rivoli. On traînait des canons, on travaillait aux barricades ; des groupes à chaque pas, des gardes nationaux qui s'affairaient. Mais le petit pâtissier ne perdit pas la tête. Ces enfants-là sont si habitués à marcher parmi les foules et le brouhaha de la rue ! C'est aux jours de fête et de train, dans l'encombrement des premiers de l'an, des dimanches gras, qu'ils ont le plus à courir ; aussi les révolutions ne les étonnent guère.

Il y avait plaisir vraiment à voir la petite barrette blanche se faufiler au milieu des képis et des baïonnettes, évitant les chocs, balancée gentiment, tantôt très vite, tantôt avec une lenteur forcée où l'on sentait encore la grande envie de courir. Qu'est-ce que cela lui faisait à lui, la bataille ! L'essentiel était d'arriver chez les Bonnicar pour le coup de midi, et d'emporter bien vite le petit pourboire qui l'attendait sur la tablette de l'antichambre.

Tout à coup, il se fit dans la foule une poussée terrible ; et des pupilles de la République défilèrent au pas de course, en chantant. C'étaient des gamins de douze à quinze ans, affublés de chassepots, de ceintures rouges, de grandes bottes, aussi fiers d'être déguisés en soldats que quand ils courent, les mardis gras, avec des bonnets en papier et un lambeau d'ombrelle rose grotesque dans la boue du boulevard. Cette fois, au milieu de la bousculade, le petit pâtissier eut beaucoup de peine à garder son équilibre ; mais sa tourtière et lui avaient fait tant de glissades sur la glace, tant de parties de marelle en plein trottoir, que les petits pâtés en furent quittes pour la peur. Malheureusement cet entrain, ces chants, ces ceintures rouges, l'admiration, la curiosité donnèrent au mitron l'envie de faire un bout de route en si belle compagnie ; et dépassant sans s'en apercevoir l'Hôtel de Ville et les ponts de l'île Saint-Louis, il se trouva emporté je ne sais où, dans la poussière et le vent de cette course folle.

II

Depuis au moins vingt-cinq ans, c'était l'usage chez les Bonnicar de manger des petits pâtés le dimanche. A midi très précis, quand toute la famille — petits et grands — était réunie dans le salon, un coup de sonnette vif et gai faisait dire à tout le monde :

« Ah ! voilà le pâtissier. »

Alors, avec un grand remuement de chaises, un froufrou d'endimanchement, une expansion d'enfants rieurs devant la table mise, tous ces bourgeois heureux s'installaient autour des petits pâtés symétriquement empilés sur le réchaud d'argent.

Ce jour-là, la sonnette resta muette. Scandalisé, M. Bonnicar regardait sa pendule, une vieille pendule surmontée d'un héron empaillé et qui n'avait jamais de la vie avancé ni retardé. Les enfants bâillaient aux vitres, guettant le coin de la rue où le mitron tournait d'ordinaire. Les conversations languissaient ; et la faim, que midi creuse de ses douze coups répétés, faisait paraître la salle à manger bien grande, bien triste, malgré l'antique argenterie luisante sur la nappe damassée et les serviettes pliées tout autour en petits cornets raides et blancs.

Plusieurs fois déjà la vieille bonne était venue parler à l'oreille de son maître... rôti brûlé... petits pois trop cuits... Mais M. Bonnicar s'entêtait à ne pas se mettre à table sans les petits pâtés ; et, furieux contre Sureau, il résolut d'aller voir lui-même ce que signifiait un retard aussi inouï. Comme il sortait, en brandissant sa canne, très en colère, des voisins l'avertirent :

« Prenez garde, monsieur Bonnicar... on dit que les Versaillais sont entrés dans Paris. »

Il ne voulut rien entendre, pas même la fusillade qui s'en venait de Neuilly à fleur d'eau, pas même le canon d'alarme de l'Hôtel-de-Ville secouant toutes les vitres du quartier.

« Oh ! ce Sureau... ce Sureau !... »

Et, dans l'animation de la course, il parlait seul, se voyait déjà là-bas au milieu de la boutique, frappant les dalles avec sa canne, faisant trembler les glaces de la vitrine et les assiettes de babas. La barricade du pont Louis-Philippe coupa sa colère en deux. Il y avait là quelques fédérés à mine féroce, vautrés au soleil sur le sol dépavé.

« Où allez-vous, citoyen ? »

Le citoyen s'expliqua ; mais l'histoire des petits pâtés parut suspecte, d'autant que M. Bonnicar avait sa belle redingote des dimanches, des lunettes d'or, toute la tournure d'un vieux réactionnaire.

« C'est un mouchard, dirent les fédérés, il faut l'envoyer à Rigault[1]. »

Sur quoi, quatre hommes de bonne volonté, qui n'étaient pas fâchés de quitter la barricade, poussèrent devant eux, à coups de crosse, le pauvre homme exaspéré.

Je ne sais pas comment ils firent leur compte, mais une demi-heure après, ils étaient tous raflés par la ligne et s'en allaient rejoindre une longue colonne de prisonniers prête à se mettre en marche pour Versailles. M. Bonnicar protestait de plus en plus, levait sa canne, racontait son histoire pour la centième fois. Par malheur cette invention de petits pâtés paraissait si absurde, si incroyable au milieu de ce grand bouleversement, que les officiers ne faisaient qu'en rire.

« C'est bon, c'est bon, mon vieux... Vous vous expliquerez à Versailles. »

Et par les Champs-Elysées, encore tout blancs de la fumée des coups de feu, la colonne s'ébranla entre deux files de chasseurs.

1. Raoul Rigault était Procureur général de la Commune ; il fut reconnu et fusillé par les Versaillais durant la « semaine sanglante », le 24 mai 1871. Il faisait partie du Comité central, tout comme les écrivains et journalistes Félix Pyat et Delescluze, deux vétérans des luttes sociales et révolutionnaires, dont il est question un peu plus loin. Delescluze se fit tuer volontairement sur une barricade le 25 mai.

III

Les prisonniers marchaient cinq par cinq, en rangs pressés et compacts. Pour empêcher le convoi de s'éparpiller, on les obligeait à se donner le bras ; et le long troupeau humain faisait, en piétinant dans la poussière de la route, comme le bruit d'une grande pluie d'orage.

Le malheureux Bonnicar croyait rêver. Suant, soufflant, ahuri de peur et de fatigue, il se traînait à la queue de la colonne entre deux vieilles sorcières qui sentaient le pétrole et l'eau-de-vie ; et d'entendre ces mots de : « Pâtissier, petits pâtés » qui revenaient toujours dans ses imprécations, on pensait autour de lui qu'il était devenu fou.

Le fait est que le pauvre homme n'avait plus sa tête. Aux montées, aux descentes, quand les rangs du convoi se desserraient un peu, est-ce qu'il ne se figurait pas voir, là-bas, dans la poussière qui remplissait les vides, la veste blanche et la barrette du petit garçon de chez Sureau ? Et cela dix fois dans la route ! Ce petit éclair blanc passait devant ses yeux comme pour le narguer, puis disparaissait au milieu de cette houle d'uniformes, de blouses, de haillons.

Enfin, au jour tombant, on arriva dans Versailles ; et quand la foule vit ce vieux bourgeois à lunettes, débraillé, poussiéreux, hagard, tout le monde fut d'accord pour lui trouver une tête de scélérat. On disait :

« C'est Félix Pyat... Non ! c'est Delescluze. »

Les chasseurs de l'escorte eurent beaucoup de peine à l'amener sain et sauf jusqu'à la cour de l'Orangerie. Là seulement le pauvre troupeau put se disperser, s'allonger sur le sol, reprendre haleine. Il y en avait qui dormaient, d'autres qui juraient, d'autres qui toussaient, d'autres qui pleuraient ; Bonnicar, lui, ne dormait pas, ne pleurait pas. Assis au bord d'un perron, la tête dans ses mains, aux trois quarts mort de faim, de honte, de fatigue, il revoyait en esprit cette malheureuse journée, son départ de là-bas, ses convives inquiets, ce couvert mis jusqu'au soir et qui devait l'attendre encore, puis l'humiliation, les injures, les coups de crosse, tout cela pour un pâtissier inexact.

« Monsieur Bonnicar, voilà vos petits pâtés !... » dit tout à coup une voix près de lui.

Et le bonhomme, en levant la tête, fut bien étonné de voir le petit garçon de chez Sureau, qui s'était fait pincer avec les pupilles de la République, découvrir et lui présenter la tourtière cachée sous son tablier blanc. C'est ainsi que, malgré l'émeute et l'emprisonnement, ce dimanche-là comme les autres, M. Bonnicar mangea des petits pâtés.

Conte de Noël

UN RÉVEILLON DANS LE MARAIS

M. Majesté, fabricant d'eau de Seltz dans le Marais, vient de faire un petit réveillon chez des amis de la place Royale et regagne son logis en fredonnant... Deux heures sonnent à Saint-Paul. « Comme il est tard ! » se dit le brave homme, et il se dépêche ; mais le pavé glisse, les rues sont noires, et puis dans ce diable de vieux quartier, qui date du temps où les voitures étaient rares, il y a un tas de tournants, d'encoignures, de bornes devant les portes à l'usage des cavaliers.

Tout cela empêche d'aller vite, surtout quand on a déjà les jambes un peu lourdes et les yeux embrouillés par les toasts du réveillon... Enfin M. Majesté arrive chez lui. Il s'arrête devant un grand portail orné, où brille au clair de lune un écusson, doré de neuf, d'anciennes armoiries repeintes dont il a fait sa marque de fabrique :

HÔTEL CI-DEVANT DE NESMOND

MAJESTÉ JEUNE

FABRICANT D'EAU DE SELTZ

Sur tous les siphons de la fabrique, sur les bordereaux, les têtes de lettres, s'étalent ainsi et resplendissent les vieilles armes des Nesmond.

Après le portail, c'est la cour, une large cour aérée et claire, qui dans le jour en s'ouvrant fait de la lumière à toute la rue. Au fond de la cour, une grande bâtisse très ancienne, des murailles noires, brodées, ouvragées, des balcons de fer arrondis, des balcons de pierre à pilastres, d'immenses fenêtres très hautes, surmontées de frontons, de chapiteaux qui s'élèvent aux derniers étages comme autant de petits toits dans le toit, et enfin sur le faîte, au milieu des ardoises, les lucarnes des mansardes, rondes, coquettes, encadrées de guirlandes comme des miroirs. Avec cela un grand perron de pierre, rongé et verdi par la pluie, une vigne maigre qui s'accroche aux murs, aussi noire, aussi tordue que la corde qui se balance là-haut à la poulie du grenier, je ne sais quel grand air de vétusté et de tristesse... C'est l'ancien hôtel de Nesmond.

HOTEL

En plein jour, l'aspect de l'hôtel n'est pas le même. Les mots : *Caisse, Magasin, Entrée des ateliers* éclatent partout en or sur les vieilles murailles, les font vivre, les rajeunissent. Les camions des chemins de fer ébranlent le portail ; les commis s'avancent au perron, la plume à l'oreille, pour recevoir les marchandises. La cour est encombrée de caisses, de paniers, de paille, de toile d'emballage. On se sent bien dans une fabrique... Mais avec la nuit, le grand silence, cette lune d'hiver qui, dans le fouillis des toits compliqués, jette et entremêle des ombres, l'antique maison des Nesmond reprend ses allures seigneuriales. Les balcons sont en dentelle ; la cour d'honneur s'agrandit, et le vieil escalier, qu'éclairent des jours inégaux, vous a des recoins de cathédrale, avec des niches vides et des marches perdues qui ressemblent à des autels.

Cette nuit-là surtout, M. Majesté trouve à sa maison un aspect singulièrement grandiose. En traversant la cour déserte, le bruit de ses pas l'impressionne. L'escalier lui paraît immense, surtout très lourd à monter. C'est le réveillon sans doute... Arrivé au premier étage, il s'arrête pour respirer, et s'approche d'une fenêtre. Ce que c'est que d'habiter une maison historique ! M. Majesté n'est pas poète, oh, non ; et pourtant, en regardant cette belle cour aristocratique, où la lune étend une nappe de lumière bleue, ce vieux logis de grand seigneur qui a si bien l'air de dormir avec ses toits engourdis sous leur capuchon de neige, il lui vient des idées de l'autre monde :

« Hein ?... Tout de même, si les Nesmond revenaient... »

A ce moment, un grand coup de sonnette retentit. Le portail s'ouvre à deux battants, si vite, si brusquement, que le réverbère s'éteint ; et pendant quelques minutes il se fait là-bas, dans l'ombre de la porte, un bruit confus de frôlements, de chuchotements. On se dispute, on se presse pour entrer. Voici des valets, beaucoup de valets, des carrosses tout en glaces miroitant au clair de lune, des chaises à porteurs balancées entre deux torches qui s'avivent au courant d'air du portail. En rien de temps, la cour est encombrée. Mais au pied du perron, la confusion cesse. Des gens descendent des voitures, se saluent, entrent en causant comme s'ils connaissaient la maison. Il y a là, sur ce perron, un froissement de soie, un cliquetis d'épées. Rien que des chevelures blanches, alourdies et mates de poudre ; rien que des petites voix claires, un peu tremblantes, des petits rires sans timbre, des pas légers. Tous ces gens ont l'air vieux, vieux. Ce sont des yeux effacés, des bijoux endormis, d'anciennes soies brochées, adoucies de nuances changeantes que la lumière des torches fait briller d'un éclat doux ; et sur tout cela flotte un petit nuage de poudre, qui monte des cheveux échafaudés, roulés en boucles, à chacune de ces jolies révérences, un peu guindées par les épées et les grands paniers... Bientôt toute la maison a l'air d'être hantée. Les torches brillent de fenêtre en fenêtre, montent et descendent dans le tournoiement des escaliers, jusqu'aux lucarnes des mansardes qui ont leur étincelle de fête et de vie. Tout l'hôtel de Nesmond s'illumine, comme si un grand coup de soleil couchant avait allumé ses vitres.

« Ah ! mon Dieu ! ils vont mettre le feu !... » se dit M. Majesté. Et, revenu de sa stupeur, il tâche de secouer l'engourdissement de ses jambes et descend vite dans la cour, où les laquais viennent d'allumer un grand feu clair. M. Majesté s'approche ; il leur parle. Les laquais ne lui répondent pas et continuent de causer tout bas entre eux, sans que la moindre vapeur s'échappe de leurs lèvres dans l'ombre glaciale de la nuit. M. Majesté n'est pas content ; cependant une chose le rassure, c'est que ce grand feu qui flambe si haut et si droit est un feu singulier, une flamme sans chaleur, qui brille et ne brûle pas. Tranquillisé de ce côté, le bonhomme franchit le perron et entre dans ses magasins.

Ces magasins du rez-de-chaussée devaient faire autrefois de beaux salons de réception. Des parcelles d'or terni brillent encore à tous les angles. Des peintures mythologiques tournent au plafond, entourent les glaces, flottent au-dessus des portes dans des teintes vagues, un peu ternes, comme le souvenir des années écoulées. Malheureusement, il n'y a plus de rideaux, plus de meubles. Rien que des papiers, de grandes caisses pleines de siphons à têtes d'étain, et les branches desséchées d'un vieux lilas qui montent toutes noires derrière les vitres. M. Majesté, en entrant, trouve son magasin plein de lumière et de monde. Il salue, mais personne ne fait attention à lui. Les femmes aux bras de leurs cavaliers continuent à minauder cérémonieusement sous leurs pelisses de satin. On se promène, on cause, on se disperse. Vraiment tous ces vieux marquis ont l'air d'être chez eux. Devant un trumeau peint, une petite ombre s'arrête, toute tremblante : « Dire que c'est moi, et que me voilà ! » et elle regarde en souriant une Diane qui se dresse dans la boiserie – mince et rose, avec un croissant au front.

« Nesmond, viens donc voir tes armes ! »

Et tout le monde rit en regardant le blason des Nesmond qui s'étale sur une toile d'emballage, avec le nom de Majesté au-dessous.

« Ah ! ah ! ah !... Majesté !... Il y a donc encore des Majestés en France ? »

Et ce sont des gaietés sans fin, de petits rires à son de flûte, des doigts en l'air, des bouches qui minaudent...

Tout à coup quelqu'un crie :

« Du champagne ! du champagne !

– Mais non !...

– Mais si ! ... si, c'est du champagne... Allons, comtesse, vite un petit réveillon. »

C'est de l'eau de Seltz de M. Majesté qu'ils ont prise pour du champagne. On le trouve bien un peu éventé ; mais bah ! on le boit tout de même, et comme ces pauvres petites ombres n'ont pas la tête bien solide, peu à peu cette mousse d'eau de Seltz les anime, les excite, leur donne envie de danser. Des menuets s'organisent. Quatre fins violons que Nesmond a fait venir commencent un air de Rameau, tout en triolets, menu et mélancolique dans sa vivacité. Il faut voir toutes ces jolies vieilles tourner lentement, saluer en mesure d'un air grave. Les atours en sont rajeunis et aussi les gilets d'or, les habits brochés, les souliers à boucles de diamants. Les panneaux eux-mêmes semblent revivre en entendant ces anciens airs. La vieille glace, enfermée dans le mur depuis deux cents ans, les reconnaît aussi, et tout éraflée, noircie aux angles, elle s'allume doucement et renvoie aux danseurs leur image, un peu effacée, comme attendrie d'un regret. Au milieu de toutes ces élégances, M. Majesté se sent gêné. Il s'est blotti derrière une caisse et regarde...

Petit à petit cependant le jour arrive. Par les portes vitrées du magasin, on voit la cour blanchir, puis le haut des fenêtres, puis tout un côté du salon. A mesure que la lumière vient, les figures s'effacent, se confondent. Bientôt M. Majesté ne voit plus que deux petits violons attardés dans un coin, et que le jour évapore en les touchant. Dans la cour, il aperçoit encore, mais si vague, la forme d'une chaise à porteurs, une tête poudrée semée d'émeraudes, les dernières étincelles d'une torche que les laquais ont jetée sur le pavé, et qui se mêlent avec le feu des roues d'une voiture de roulage entrant à grand bruit par le portail ouvert...

Le Pape est mort

J'ai passé mon enfance dans une grande ville de province coupée en deux par une rivière très encombrée, très remuante, où j'ai pris de bonne heure le goût des voyages et la passion de la vie sur l'eau. Il y a surtout un coin de quai, près d'une certaine passerelle Saint-Vincent, auquel je ne pense jamais, même aujourd'hui, sans émotion. Je revois l'écriteau cloué au bout d'une vergue : *Cornet, bateaux de louage,* le petit escalier qui s'enfonçait dans l'eau, tout glissant et noirci de mouillure, la flottille de petits canots fraîchement peints de couleurs vives s'alignant au bas de l'échelle, se balançant doucement bord à bord, comme allégés par les jolis noms qu'ils portaient à leur arrière en lettres blanches : l'*Oiseau-Mouche,* l'*Hirondelle.*

Puis, parmi les longs avirons reluisants de céruse qui étaient en train de sécher contre le talus, le père Cornet s'en allant avec son seau à peinture, ses grands pinceaux, sa figure tannée, crevassée, ridée de petites fossettes comme la rivière un soir de vent frais... Oh ! ce père Cornet. Ç'a été le satan de mon enfance, ma passion douloureuse, mon péché, mon remords. M'en a-t-il fait commettre des crimes avec ses canots ! Je

manquais l'école, je vendais mes livres. Qu'est-ce que je n'aurais pas vendu pour un après-midi de canotage !

Tous mes cahiers de classe au fond du bateau, la veste à bas, le chapeau en arrière, et dans les cheveux le bon coup d'éventail de la brise d'eau, je tirais ferme sur mes rames, en fronçant les sourcils pour bien me donner la tournure d'un vieux loup de mer. Tant que j'étais en ville, je tenais le milieu de la rivière, à égale distance des deux rives, où le vieux loup de mer aurait pu être reconnu. Quel triomphe de me mêler à ce grand mouvement de barques, de radeaux, de trains de bois, de mouches à vapeur qui se côtoyaient, s'évitaient, séparés seulement par un mince liséré d'écume ! Il y avait de lourds bateaux qui tournaient pour prendre le courant, et cela en déplaçait une foule d'autres.

Tout à coup, les roues d'un vapeur battaient l'eau près de moi ; ou bien une ombre lourde m'arrivait dessus, c'était l'avant d'un bateau de pommes.

« Gare donc, moucheron ! » me criait une voix enrouée.

Et je suais, je me débattais, empêtré dans le va-et-vient de cette vie du fleuve que la vie de la rue traversait incessamment par tous ces ponts, toutes ces passerelles qui mettaient des reflets d'omnibus sous la coupe des avirons. Et le courant si dur à la pointe des arches, et les remous, les tourbillons, le fameux trou de la *Mort-qui-trompe* ! Pensez que ce n'était pas une petite affaire de se guider là-dedans avec des bras de douze ans et personne pour tenir la barre.

Quelquefois j'avais la chance de rencontrer la *chaîne*. Vite je m'accrochais tout au bout de ces longs trains de bateaux qu'elle remorquait, et, les rames immobiles, étendues comme des ailes qui planent, je me laissais aller à cette vitesse silencieuse qui coupait la rivière en longs rubans d'écume et faisait filer des deux côtés les arbres, les maisons du quai. Devant moi, loin, bien loin, j'entendais le battement monotone de l'hélice, un chien qui aboyait sur des bateaux de la remorque, où montait d'une cheminée basse un petit filet de fumée ; et tout cela me donnait l'illusion d'un grand voyage, de la vraie vie du bord.

Malheureusement, ces rencontres de la *chaîne* étaient rares. Le plus souvent il fallait ramer et ramer aux heures de soleil. Oh ! les pleins midis tombant d'aplomb sur la rivière, il me semble qu'ils me brûlent encore. Tout flambait, tout miroitait. Dans cette atmosphère aveuglante et sonore qui flotte au-dessus des vagues et vibre à tous les mouvements, les courts plongeons de mes rames, les cordes des haleurs soulevées de l'eau toutes ruisselantes faisaient passer des lumières vives d'argent poli. Et je ramais en fermant les yeux. Par moment, à la vigueur de mes efforts, à l'élan de l'eau sous ma barque, je me figurais que j'allais très vite ; mais en relevant la tête, je voyais toujours le même arbre, le même mur en face de moi sur la rive.

Enfin, à force de fatigues, tout moite et rouge de chaleur, je parvenais à sortir de la ville. Le vacarme des bains froids, des bateaux de blanchisseuses, des pontons d'embarquement diminuait. Les ponts s'espaçaient sur la rive élargie. Quelques jardins de faubourg, une cheminée d'usine, s'y reflétaient de loin en loin. A l'horizon tremblaient des îles vertes. Alors, n'en pouvant plus, je venais me ranger contre la rive, au milieu des roseaux tout bourdonnants ; et là, abasourdi par le soleil, la fatigue, cette chaleur lourde qui montait de l'eau étoilée de larges fleurs jaunes, le vieux loup de mer se mettait à saigner du nez pendant des heures. Jamais mes voyages n'avaient un autre dénouement. Mais que voulez-vous ? Je trouvais cela délicieux.

Le terrible, par exemple, c'était le retour, la rentrée. J'avais beau revenir à toutes rames, j'arrivais toujours trop tard, longtemps après la sortie des classes. L'impression du jour qui tombe, les premiers becs de gaz dans le brouillard, la retraite, tout augmentait mes transes, mon remords. Les gens qui passaient, rentrant chez eux bien tranquilles, me faisaient envie ; et je courais la tête lourde, pleine de soleil et d'eau, avec des ronflements de coquillages au fond des oreilles, et déjà sur la figure le rouge du mensonge que j'allais dire.

Car il en fallait un chaque fois pour faire tête à ce terrible « d'où viens-tu ? » qui m'attendait en travers de la porte. C'est cet interrogatoire de l'arrivée qui m'épouvantait le plus. Je devais répondre là, sur le palier, au pied levé, avoir toujours une histoire prête, quelque chose à dire, et de si étonnant et de si renversant, que la surprise coupât court à toutes les questions. Cela me donnait le temps d'entrer, de reprendre haleine ; et pour en arriver là, rien ne me coûtait. J'inventais des sinistres, des révolutions, des choses terribles, tout un côté de la ville qui brûlait, le pont du chemin de fer s'écroulant dans la rivière. Mais ce que je trouvai encore de plus fort le voici :

Ce soir-là, j'arrivai très en retard. Ma mère, qui m'attendait depuis une grande heure, guettait, debout, en haut de l'escalier.

« D'où viens-tu ? » me cria-t-elle.

Dites-moi ce qu'il peut tenir de diableries dans une

tête d'enfant. Je n'avais rien trouvé, rien préparé. J'étais venu trop vite... Tout à coup il me passa une idée folle. Je savais la chère femme très pieuse, catholique enragée comme une Romaine, et je lui répondis dans tout l'essoufflement d'une grande émotion :

« O maman... Si vous saviez !...

– Quoi donc ?... Qu'est-ce qu'il y a encore ?...

– Le pape est mort.

– Le pape est mort !... » fit la pauvre mère.

Et elle s'appuya toute pâle contre la muraille. Je passai vite dans ma chambre, un peu effrayé de mon succès et de l'énormité du mensonge ; pourtant, j'eus le courage de le soutenir jusqu'au bout. Je me souviens d'une soirée funèbre et douce ; le père très grave, la mère atterrée... On causait bas autour de la table. Moi, je baissais les yeux ; mais mon escapade s'était si bien perdue dans la désolation générale que personne n'y pensait plus.

Chacun citait à l'envi quelque trait de vertu de ce pauvre Pie IX ; puis, peu à peu, la conversation s'égarait à travers l'histoire des papes. Tante Rose parla de Pie VII, qu'elle se souvenait très bien d'avoir vu passer dans le Midi, au fond d'une chaise de poste, entre des gendarmes. On rappela la fameuse scène avec l'empereur : *Comediante !... tragediante !...* C'était bien la centième fois que je l'entendais raconter, cette terrible scène, toujours avec les mêmes intonations, les mêmes gestes et ce stéréotypé des traditions de famille qu'on se lègue et qui restent là, puériles et locales, comme des histoires de couvent.

C'est égal, jamais elle ne m'avait paru si intéressante.

Je l'écoutais avec des soupirs hypocrites, des questions, un air de faux intérêt, et tout le temps je me disais : « Demain matin, en apprenant que le pape n'est pas mort, ils seront si contents que personne n'aura le courage de me gronder. »

Tout en pensant à cela, mes yeux se fermaient malgré moi, et j'avais des visions de petits bateaux peints en bleu, avec des coins de Saône alourdis par la chaleur, et de grandes pattes d'*argyronètes* courant dans tous les sens et rayant l'eau vitreuse, comme des pointes de diamant.

Les émotions d'un perdreau rouge

Vous savez que les perdreaux vont par bandes, se nichent ensemble aux creux des sillons pour s'enlever à la moindre alerte, éparpillés dans la volée comme une poignée de grains qu'on sème. Notre compagnie à nous est gaie et nombreuse, établie en plaine sur la lisière d'un grand bois, ayant du butin et de beaux abris de deux côtés. Aussi, depuis que je sais courir, bien emplumé, bien nourri, je me trouvais très heureux de vivre. Pourtant quelque chose m'inquiétait un peu, c'était cette fameuse ouverture de la chasse dont nos mères commençaient à parler tout bas entre elles. Un ancien de notre compagnie me disait toujours à ce propos :

« N'aie pas peur, Rouget – on m'appelle Rouget à cause de mon bec et de mes pattes de couleur de sorbe –, n'aie pas peur, Rouget. Je te prendrai avec moi le jour de l'ouverture et je suis sûr qu'il ne t'arrivera rien. »

C'est un vieux coq très malin et encore alerte, quoiqu'il ait le *fer à cheval* déjà marqué sur la poitrine et quelques plumes blanches par-ci par-là. Tout jeune, il a reçu un grain de plomb dans l'aile, et comme cela l'a rendu un peu lourd, il y regarde à deux fois avant de

s'envoler, prend son temps, et se tire d'affaire. Souvent il m'emmenait avec lui jusqu'à l'entrée du bois. Il y a là une singulière petite maison, nichée dans les châtaigniers, muette comme un terrier vide, et toujours fermée.

« Regarde bien cette maison, petit, me disait le vieux ; quand tu verras de la fumée monter du toit, le seuil et les volets ouverts, ça ira mal pour nous. »

Et moi je me fiais à lui, sachant bien qu'il n'en était pas à sa première ouverture.

En effet, l'autre matin, au petit jour, j'entends qu'on appelait tout bas dans le sillon...

« Rouget ! Rouget ! »

C'était mon vieux coq. Il avait les yeux extraordinaires.

« Viens vite, me dit-il, et fais comme moi. »

Je le suivis, à moitié endormi, en me coulant entre les mottes de terre, sans voler, sans presque sauter, comme une souris. Nous allions du côté du bois ; et je vis, en passant, qu'il y avait de la fumée à la cheminée de la petite maison, du jour aux fenêtres, et devant la porte grande ouverte des chasseurs tout équipés, entourés de chiens qui sautaient. Comme nous passions, un des chasseurs cria :

« Faisons la plaine ce matin, nous ferons le bois après déjeuner. »

Alors je compris pourquoi mon vieux compagnon nous emmenait d'abord sous la futaie. Tout de même le cœur me battait, surtout en pensant à nos pauvres amis.

Tout à coup, au moment d'atteindre la lisière, les chiens se mirent à galoper de notre côté...

« Rase-toi ! Rase-toi ! » me dit le vieux en se baissant.

En même temps, à dix pas de nous, une caille effarée ouvrit ses ailes et son bec tout grands, et s'envola avec un cri de peur. J'entendis un bruit formidable et nous fûmes entourés par une poussière d'une odeur étrange, toute blanche et toute chaude, bien que le soleil fût à peine levé. J'avais si peur que je ne pouvais courir. Heureusement nous entrions dans le bois. Mon camarade se blottit derrière un petit chêne, je vins me mettre près de lui, et nous restâmes là cachés, à regarder entre les feuilles.

Dans les champs, c'était une terrible fusillade. A chaque coup, je fermais les yeux, tout étourdi ; puis, quand je me décidais à les ouvrir, je voyais la plaine grande et nue, les chiens courant, furetant dans les brins d'herbe, dans les javelles, tournant sur eux-mêmes comme des fous. Derrière eux les chasseurs juraient, appelaient ; les fusils brillaient au soleil. Un moment, dans un petit nuage de fumée, je crus voir – quoiqu'il n'y eût aucun arbre alentour – voler comme des feuilles éparpillées. Mais mon vieux coq me dit que c'était des plumes ; et en effet, à cent pas devant nous, un superbe perdreau gris tombait dans le sillon en renversant sa tête sanglante.

Quand le soleil fut très chaud, très haut, la fusillade s'arrêta subitement. Les chasseurs revenaient vers la petite maison, où l'on entendait pétiller un grand feu de sarments. Ils causaient entre eux, le fusil sur l'épaule, discutaient les coups, pendant que leurs chiens venaient derrière, harassés, la langue pendante...

« Ils vont déjeuner, me dit mon compagnon, faisons comme eux. »

Et nous entrâmes dans un champ de sarrasin qui est tout près du bois, un grand champ blanc et noir, en fleur et en graine, sentant l'amande. De beaux faisans au plumage mordoré picotaient là, eux aussi, en baissant leurs crêtes rouges de peur d'être vus. Ah ! ils étaient moins fiers que d'habitude. Tout en mangeant, ils nous demandèrent des nouvelles et si l'un des leurs était déjà tombé. Pendant ce temps, le déjeuner des chasseurs, d'abord silencieux, devenait de plus en plus bruyant ; nous entendions choquer les verres et partir les bouchons des bouteilles. Le vieux trouva qu'il était temps de rejoindre notre abri.

A cette heure on aurait dit que le bois dormait. La petite mare où les chevreuils vont boire n'était troublée par aucun coup de langue. Pas un museau de lapin dans les serpolets de la garenne. On sentait seulement un frémissement mystérieux, comme si chaque feuille, chaque brin d'herbe abritait une vie menacée. Ces gibiers de forêt ont tant de cachettes, les terriers, les fourrés, les fagots, les broussailles et puis les fossés, ces petits fossés de bois qui gardent l'eau si longtemps après qu'il a plu. J'avoue que j'aurais aimé être au fond de ces trous-là ; mais mon compagnon préférait rester à découvert, avoir du large, voir de loin et sentir l'air ouvert devant lui. Bien nous en prit, car les chasseurs arrivaient sous le bois.

Oh ! ce premier coup de feu en forêt, ce coup de feu qui trouait les feuilles comme une grêle d'avril et marquait les écorces, jamais je ne l'oublierai. Un lapin détala au travers du chemin en arrachant des touffes d'herbe avec ses griffes tendues. Un écureuil dégringola d'un châtaignier en faisant tomber les châtaignes encore vertes. Il y eut deux ou trois vols lourds de gros faisans et un tumulte dans les branches basses, les feuilles sèches, au vent de ce coup de fusil qui agita, réveilla, effraya tout ce qui vivait dans le bois. Des mulots se coulaient au fond de leurs trous. Un cerf-volant, sorti du creux de l'arbre contre lequel nous étions blottis, roulait ses gros yeux bêtes, fixes de terreur. Et puis des demoiselles bleues, des bourdons, des papillons, pauvres bestioles s'effarant de tous côtés... Jusqu'à un petit criquet aux ailes écarlates qui vint se poser tout près de mon bec ; mais j'étais trop effrayé moi-même pour profiter de sa peur.

Le vieux, lui, était toujours aussi calme. Très attentif aux aboiements et aux coups de feu, quand ils se rapprochaient il me faisait signe, et nous allions un peu plus loin, hors de la portée des chiens et bien cachés par le feuillage. Une fois pourtant je crus que nous étions perdus. L'allée que nous devions traverser était gardée de chaque bout par un chasseur embusqué. D'un côté un grand gaillard à favoris noirs qui faisait sonner toute une ferraille à chacun de ses mouvements, couteau de chasse, cartouchière, boîte à poudre, sans compter de hautes guêtres bouclées jusqu'aux genoux et qui le grandissaient encore ; à l'autre bout un petit vieux, appuyé contre un arbre, fumait tranquillement sa pipe, en clignant des yeux comme s'il voulait dormir. Celui-là ne me faisait pas peur ; mais c'était ce grand là-bas...

« Tu n'y entends rien, Rouget », me dit mon camarade en riant.

Et sans crainte, les ailes toutes grandes, il s'envola presque dans les jambes du terrible chasseur à favoris.

Et le fait est que le pauvre homme était si empêtré dans tout son attirail de chasse, si occupé à s'admirer du haut en bas, que lorsqu'il épaula son fusil nous étions déjà hors de portée. Ah ! si les chasseurs savaient, quand ils se croient seuls à un coin de bois, combien de petits becs pointus se retiennent de rire à leur maladresse !...

Nous allions, nous allions toujours. N'ayant rien de mieux à faire qu'à suivre mon vieux compagnon, mes ailes battaient au vent des siennes pour se replier immobiles aussitôt qu'il se posait. J'ai encore dans les yeux tous les endroits où nous avons passé : la garenne rose de bruyères, pleine de terriers au pied des arbres jaunes, avec ce grand rideau de chênes où il me semblait voir la mort cachée partout, la petite allée verte où ma mère Perdrix avait promené tant de fois sa nichée au soleil de mai, où nous sautions tout en piquant les fourmis rouges qui nous grimpaient aux pattes, où nous rencontrions des petits faisans farauds, lourds comme des poulets, et qui ne voulaient pas jouer avec nous.

Je la vis comme dans un rêve ma petite allée, au moment où une biche la traversait, haute sur ses pattes menues, les yeux grands ouverts et prête à bondir. Puis la mare où l'on vient en partie par quinze ou trente, tous du même vol, levés de la plaine en une minute, pour boire à l'eau de la source et s'éclabousser de gouttelettes qui roulent sur le lustre des plumes... Il y avait au milieu de cette mare un bouquet d'aulnettes très fourré ; c'est dans cet îlot que nous nous réfugiâmes. Il aurait fallu que les chiens eussent un fameux nez pour venir nous chercher là. Nous y étions depuis un moment, lorsqu'un chevreuil arriva, se traînant sur trois pattes et laissant une trace rouge sur les mousses derrière lui. C'était si triste à voir que je cachai ma tête sous les feuilles ; mais j'entendais le blessé boire dans la mare en soufflant, brûlé de fièvre...

Le jour tombait. Les coups de fusil s'éloignaient, devenaient plus rares. Puis tout s'éteignit... C'était fini. Alors nous revînmes tout doucement vers la plaine, pour avoir des nouvelles de notre compagnie. En passant devant la petite maison du bois, je vis quelque chose d'épouvantable.

Au rebord d'un fossé, les lièvres au poil roux, les petits lapins gris à queue blanche, gisaient à côté les uns des autres. C'étaient des petites pattes jointes par la mort, qui avaient l'air de demander grâce, des yeux voilés qui semblaient pleurer ; puis des perdrix rouges, des perdreaux gris, qui avaient le *fer à cheval* comme mon camarade, et des jeunes de cette année qui avaient encore comme moi du duvet sous leurs plumes. Savez-vous rien de plus triste qu'un oiseau mort ? C'est si vivant des ailes ! De les voir repliées et froides, ça fait frémir. Un grand chevreuil superbe et calme paraissait endormi, sa petite langue rose dépassant la bouche comme pour lécher encore.

Et les chasseurs étaient là, penchés sur cette tuerie, comptant et tirant vers leurs carniers les pattes sanglantes, les ailes déchirées, sans respect pour toutes ces blessures fraîches. Les chiens, attachés pour la route, fronçaient encore leurs babines en arrêt, comme s'ils s'apprêtaient à s'élancer de nouveau dans les taillis.

Oh ! pendant que le grand soleil se couchait là-bas et qu'ils s'en allaient tous, harassés, allongeant leurs ombres sur les mottes de terre et les sentiers humides de la rosée du soir, comme je les maudissais, comme je les détestais, hommes et bêtes, toute la bande !... Ni mon compagnon ni moi n'avions le courage de jeter comme à l'ordinaire une petite note d'adieu à ce jour qui finissait.

Sur notre route nous rencontrions de malheureuses petites bêtes, abattues par un plomb de hasard et restant là, abandonnées aux fourmis, des mulots, le museau plein de poussière, des pies, des hirondelles foudroyées dans leur vol, couchées sur le dos et tendant leurs petites pattes roides vers la nuit qui descendait vite comme elle fait en automne, claire et mouillée. Mais le plus navrant de tout, c'était d'entendre, à la lisière du bois, au bord du pré, et là-bas dans l'oseraie de la rivière, les appels anxieux, tristes, disséminés, auxquels rien ne répondait.

FOLIO JUNIOR ÉDITION SPÉCIALE

Alphonse Daudet

La dernière classe
et autres contes du lundi

Supplément réalisé par
Christian Grenier

Illustrations de Jean-Philippe Chabot

SOMMAIRE

ÊTES-VOUS PONCTUEL?

Sans la ponctualité de leur auteur, les *Contes du lundi* n'existeraient pas, puisque Daudet, qui était feuilletonniste comme bien des écrivains du XIXe siècle et du début du XXe, composait ces histoires dans la semaine et les remettait chaque lundi au journal qui l'employait. Seriez-vous capable, dans les domaines de la vie courante, de la même assiduité ou êtes-vous peu soucieux des dates ? Répondez aux questions qui suivent, puis reportez-vous à la page de solutions. Vous saurez alors si vous êtes ponctuel.

1. *Le matin, à l'école ou au collège, vous arrivez :*
A. L'un des premiers ❐
B. Au moment de la sonnerie Δ
C. Dix minutes à l'avance ❍

2. *La fête des Mères :*
A. Vous y pensez une semaine avant ❍
B. Vous vous en souvenez la veille ❐
C. Vous l'oubliez parfois Δ

3. *Vous faites votre valise pour les vacances :*
A. Vous la préparez trois jours avant de partir ❍
B. Vous vous y mettez la veille au soir ❐
C. Inutile d'y penser : votre mère s'en occupera Δ

4. *Vous devez rédiger une rédaction pour la semaine prochaine :*
A. Vous réfléchissez au plan dès que vous connaissez le sujet ❍
B. Vous la rédigez au dernier moment ❐
C. Vous demandez au prof un délai supplémentaire Δ

5. *Vous avez un cahier de textes :*
A. Que vous consultez plusieurs fois par jour ❍
B. Que vous égarez souvent Δ
C. Vous savez ce que vous avez à faire sans vous y reporter ❐

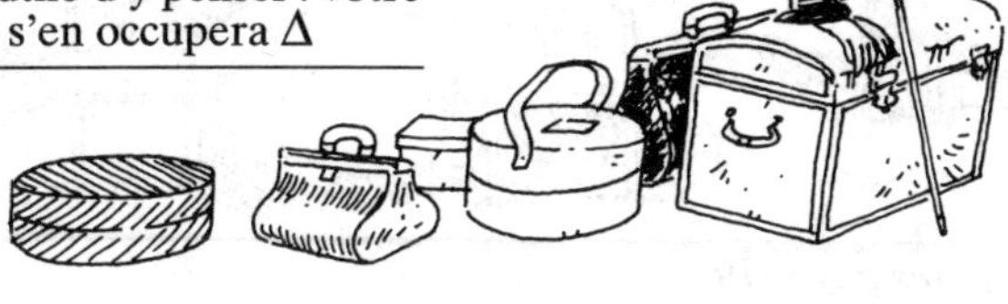

6. *Les matins des jours de classe, vous êtes réveillé :*
A. Par l'alarme de votre montre ou de votre radio-réveil ❒
B. Par vos parents Δ
C. Toujours avant l'heure ❍

7. *Vous avez rendez-vous avec des amis pour aller au cinéma :*
A. Vous arrivez le premier ❍
B. Vous êtes toujours celui qu'on attend ❒
C. Vous êtes en retard ! Qu'importe, il y a une deuxième séance Δ

8. *Vous arrivez en retard en classe. Que dit votre professeur ?*
A. « Alors, que s'est-il encore passé ? » ❒
B. « Cela commence à bien faire ! » Δ
C. « J'espère qu'il n'est rien arrivé de grave ? » ❍

9. *Chaque soir, à l'heure du dîner :*
A. Vous êtes le dernier à vous asseoir à table ❒
B. On doit vous appeler au moins deux fois Δ
C. Vous êtes là sans qu'on vous appelle ❍

10. *L'ami à qui vous deviez rendre un livre vous dit :*
A. « Je savais que je pouvais compter sur toi » ❍
B. « Demain, essaie de ne pas l'oublier » ❒
C. « C'est la dernière fois que je te prête un livre » Δ

11. *Chez vous, on dîne à 20 heures. Selon vous, cette habitude est :*
A. Stupide Δ
B. Normale ❒
C. Nécessaire ❍

12. *Vous avez une montre :*
A. Qui est toujours à l'heure exacte ❒
B. Qui avance d'une ou deux minutes Δ
C. Que vous oubliez souvent à la maison ❍

Solutions page 119

1
AU FIL DU TEXTE

LA DERNIÈRE CLASSE

Avez-vous bien lu ce conte ?

A mesure que vous lirez les contes de ce recueil, des questions vous seront posées afin de vérifier si votre lecture a été attentive. Répondez à chaque série de questions, puis reportez-vous à la page des solutions et comptez un point par réponse exacte.
Lorsque vous aurez répondu à toutes les questions, faites le total de vos points et lisez le paragraphe correspondant à votre résultat, page 127. Vous saurez alors si vous avez été un bon lecteur de Daudet.

1. *Le jeune héros de ce récit s'appelle :*
A. Fritz
B. Ferdinand
C. Franz

2. *L'instituteur doit interroger ce jour les élèves sur :*
A. Les participes
B. Les conjugaisons
C. Les adjectifs

3. *Au fond de la classe, le vieil Hauser tient sur ses genoux :*
A. Le journal de la veille
B. Un vieil abécédaire
C. Une bible de cuir

4. *Berlin a ordonné de ne plus enseigner que l'allemand dans les écoles :*
A. D'Alsace et de Lorraine
B. Maternelles et primaires
C. De toute la France

5. *Pendant la leçon d'écriture entrent dans la classe :*
A. Des pigeons
B. Des hannetons
C. Des papillons

6. *Dans la chambre au-dessus de la classe, la personne qui ferme les malles est :*
A. La sœur de l'instituteur
B. La fille de l'instituteur
C. La mère de l'instituteur

7. *Après que l'angélus a sonné, éclatent sous les fenêtres :*
A. Les rumeurs d'une manifestation
B. Les trompettes des Prussiens
C. Plusieurs salves d'artillerie

8. *Les derniers mots qu'écrit l'instituteur au tableau sont :*
A. « Adieu mes amis ! »
B. « France, Alsace, France, Alsace ! »
C. « Vive la France ! »

Solutions page 119

Un village alsacien pendant la guerre

1. Ce jour-là, Franz arrive en retard en classe. Mais un fait plus grave et plus inhabituel relègue cet événement au second rang. Pourriez-vous relever tout ce qui :
– Intrigue Franz et lui prouve que quelque chose d'inhabituel a lieu aujourd'hui ? (p. 11-12)
– Nous montre que l'action se déroule à la campagne ? (p. 11)
– Suggère au lecteur que c'est la guerre ? (p. 11)
– Indique au lecteur que nous sommes en Alsace ? (p. 11 à 18)

2. Les occupants prussiens ne sont pas appelés ainsi dans le texte. Sauriez-vous retrouver les termes péjoratifs par lesquels les désignent Franz et l'instituteur ?

Solutions page 119

L'emploi du temps de la matinée

1. « Aujourd'hui, c'est votre dernière leçon de français », déclare M. Hamel à ses élèves. Sauriez-vous retrouver l'ordre dans lequel M. Hamel aborde chacune des matières ce matin-là ?
Écriture – grammaire – histoire – morale – musique – récitation.

2. Pendant sa brève leçon de morale, M. Hamel fait une comparaison entre la langue française et la liberté.

A. Sauriez-vous retrouver cette formule ?
B. Et celle de Frédéric Mistral, dont elle est inspirée ?
C. Pourriez-vous citer, dans l'Histoire, des peuples qui ont perdu tout ou une partie de leur identité parce que les occupants de leur territoire leur avaient imposé leur langue ?

Solutions page 120

Une étrange affiche

La clé de tout ce texte est en réalité la nouvelle affiche que lit le forgeron Wachter. En vous aidant de ce que dit l'instituteur (p. 14), essayez de rédiger cette affiche !

LA PARTIE DE BILLARD

Avez-vous bien lu ce conte ?

Pour le savoir, répondez aux questions suivantes. Comptez alors un point par bonne réponse, ajoutez votre résultat aux points déjà obtenus, puis reportez-vous à la page des solutions.

1. *Les soldats sont exténués car ils se battent depuis :*
A. Deux heures
B. Deux jours
C. Deux mois

2. *Pour attaquer, ils attendent :*
A. Que la pluie cesse
B. L'aube
C. Des ordres

3. *Le quartier général est :*
A. Un château Louis XIII
B. Un manoir Henri II
C. Un couvent du XVIIe siècle

4. *La partie de billard oppose un maréchal avec un :*
A. Petit capitaine d'état-major
B. Aide de camp timide
C. Sous-officier empressé

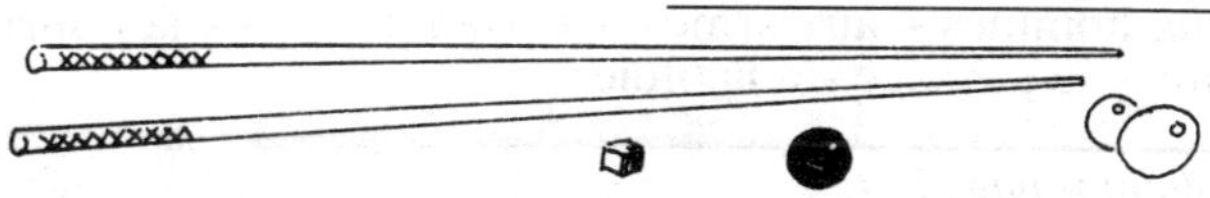

5. *Pendant ce temps, aux abords du château :*
A. Les soldats chargent l'ennemi
B. Les bataillons se replient
C. Les hommes tombent par centaines

6. *Le maréchal « tout bouffant de colère » est rouge :*
A. Comme une écrevisse
B. Comme une tomate
C. Comme un coq

7. *En fin de partie, l'adversaire du maréchal :*
A. Perd en songeant à son avancement
B. Se défend comme un lion
C. Suggère au maréchal de donner des ordres

8. *L'auteur conclut le conte par la phrase :*
A. « La France a perdu une bataille »
B. « Le maréchal a gagné sa partie »
C. « Dans le parc, la pluie s'est remise à tomber »

Solutions page 120

Le théâtre des opérations

Ce conte suggère qu'il s'agit d'une partie de billard. Pourtant, l'auteur met très longtemps avant de nous faire découvrir le véritable théâtre des opérations.

1. Pourquoi juge-t-il nécessaire d'effectuer ces descriptions préalables ?

2. Montrez, en donnant un titre aux différents lieux qu'il décrit, qu'il effectue une sorte de « travelling avant ».

3. Quelle exclamation marque l'aboutissement de ce travelling ?

4. Faites deux colonnes. Réservez celle de gauche au front, celle de droite au quartier général. Puis indiquez sur la même ligne les qualificatifs correspondant :

Aux hommes – aux armes – aux animaux – à la nourriture – au paysage – à la pluie

Solutions page 120

Un combat difficile

1. Retrouvez les deux expressions que choisit Alphonse Daudet pour qualifier le maréchal et le capitaine. Pourquoi sont-elles ironiques ici ?

2. Pourquoi le capitaine s'applique-t-il « à ne pas gagner, à ne pas perdre non plus trop facilement » ?

3. « C'est une partie vraiment intéressante », dit Alphonse Daudet. Le pense-t-il vraiment ? Qui soutient-il et à qui pense-t-il en réalité ?

4. Sur quelle ultime opposition l'auteur achève-t-il son récit ? Pourquoi ?

5. Quelles conclusions pourriez-vous tirer de ce récit sur les sympathies de l'auteur ?

Solutions page 121

L'ENFANT ESPION

Avez-vous bien lu ce conte ?

Répondez aux questions ci-dessous, comptez un point par bonne réponse et ajoutez le résultat à votre total.

1. *Le petit Stenne pouvait avoir :*
A. Huit ou dix ans
B. Dix ans, peut-être quinze
C. Douze ans, mais en paraissait neuf

2. *Son père était :*
A. Gardien de square
B. Boulanger à la retraite
C. Un ancien sergent de ville

3. *Le jeu qui fascinait le petit Stenne était :*
A. Le jeu de galoche
B. Le jeu de boules
C. Le jeu de billard

4. *Aller vendre des journaux aux Prussiens rapportait à l'espion :*
A. Cent sous pour chaque journal vendu
B. Dix francs par semaine
C. Trente francs par voyage

5. *Pour franchir les lignes, ils prétendent aller :*
A. Voir leur mère malade
B. Chercher en forêt du bois mort
C. Ramasser des pommes de terre

6. *Au poste, le sergent pense que les Français reprendront bientôt :*
A. Le Bourget
B. Aubervilliers
C. La Courneuve

7. *En voyant le petit Stenne, le Prussien :*
A. Arme son fusil, méfiant
B. Refuse d'abord de le hisser de l'autre côté du mur
C. Se met à rire et le prend dans ses bras

8. *Après l'aveu par son fils de sa trahison, le vieux Stenne prend l'argent et dit :*
A. C'est bon, je vais le leur rendre
B. Qu'allons-nous acheter avec ça ?
C. Tu aurais pu demander davantage !

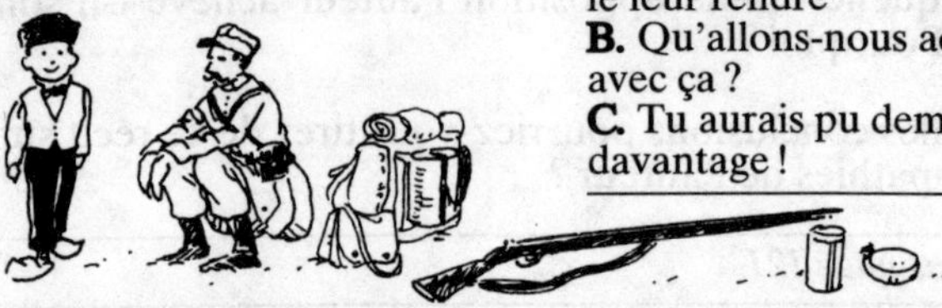

Solutions page 121

Des hommes et des enfants dans la guerre

I. Ce conte est l'occasion pour Alphonse Daudet de brosser plusieurs portraits attachants d'hommes ou d'enfants. Pourriez-vous associer ces extraits du texte à ces sept personnages ?

A. Le petit Stenne
B. Son complice
C. Le père Stenne
D. Le factionnaire de la porte de Flandres
E. Le vieux sergent
F. Le Prussien qui accueille les espions
G. Le vieux Prussien qui observe le petit espion

1. Sous sa rude moustache se cachait un bon sourire attendri
2. Un grand en cotte bleue
3. Il y avait dans son regard de la tendresse et des reproches

4. Un enfant de Paris, malingre et pâle
5. Deux moustaches jaunes sous un béret crasseux
6. Un brave sédentaire qui avait le nez rouge et l'air bon
7. Un vieux tout blanc, tout ridé, qui ressemblait au père Stenne

II. Parmi eux, quels personnages ressemblent au père du petit Stenne ?

Solutions page 121

Les assiégés, les assiégeants

Voici comment Alphonse Daudet décrit le poste avancé des soldats français : « Dans le poste, ils trouvèrent quelques soldats blottis autour d'un feu maigre, un vrai feu de veuve, à la flamme duquel ils faisaient dégeler du biscuit au bout de leurs baïonnettes. On se serra pour faire place aux enfants. On leur donna la goutte, un peu de café. »
Pourriez-vous retrouver la description du poste des assiégeants prussiens ? En quoi constitue-t-elle un parallèle intéressant ?

Solutions pages 121-122

LA PENDULE DE BOUGIVAL

Avez-vous bien lu ce conte ?

Après avoir bien répondu à ces questions, ajoutez les points obtenus à votre total.

1. *C'était une pendule :*
A. Louis XVI
B. Second Empire
C. Charles X

2. *Elle fit le voyage de Bougival à :*
A. Berlin
B. Hambourg
C. Munich

3. *Elle fut achetée par Otto de Schwanthaler, un respectable bavarois qui était :*
A. Le conservateur de la pinacothèque
B. Le bourgmestre de la ville
C. Le directeur du musée des Beaux-Arts

4. *Les trois filles de Schwanthaler avaient l'air :*
A. De grues montées sur des échasses
B. D'échalas endimanchés
C. De perches à houblons

5. *La pendule de Bougival inspira à Schwanthaler l'ouvrage :*
A. « Paradoxe sur les pendules »
B. « Le dérèglement des heures »
C. « Étude sur les horloges »

6. *La pendule de Bougival :*
A. Sonne midi et marque deux heures
B. Sonne deux heures et en marque huit
C. Sonne huit heures et en marque trois

7. *Un matin, la famille Schwanthaler fuit avec quelques tableaux :*
A. En Australie
B. En Amérique
C. Aux Indes

8. *Après l'arrivée de la pendule chez le roi Louis, celui-ci garda ouverte sur son piano la partition :*
A. « L'Heure espagnole »
B. « La Ronde des heures »
C. « Le Phoque à ventre blanc »

Solutions page 122

Les pouvoirs d'un objet

1. Quel pouvoir semble avoir la pendule de Bougival ?

2. Quelle action paraît à l'origine de ce pouvoir ? Relevez dans le texte la phrase qui la résume et devient une sorte de leitmotiv.

3. Quelles sont les victimes successives de la pendule ?

4. Un célèbre écrivain et musicien allemand, auteur d'autres contes, avait écrit soixante ans avant Daudet l'histoire d'un casse-noisette dont les pouvoirs étaient surprenants. Comment s'appelle cet écrivain ? Et quel musicien en fit une célèbre musique de ballet ?

Solutions page 122

Les mémoires d'une pendule

Voici, dans le désordre, dix étapes dans la vie de « la pendule de Bougival » :

A. J'arrive dans la résidence du roi Louis
B. Je suis achetée par Otto de Schwanthaler
C. J'ai été fabriquée au Second Empire
D. Ma voisine est enfin devenue muette
E. Je suis en villégiature à Bougival
F. Ma voisine est une grande pendule en marbre sévère
G. Je suis exposée dans la vitrine d'Augustus Cahn
H. Mes propriétaires m'ont abandonnée pour fuir en Amérique
I. On m'expose boulevard des Italiens
J. Quel horrible voyage !
K. Des Bavarois m'emballent... et m'enlèvent

Pourriez-vous :
1. Reconstituer l'histoire de la pendule en replaçant ces chapitres dans l'ordre correct ?

2. Rédiger (en vous servant au besoin de la structure de votre réponse à la question précédente) les « mémoires d'une pendule » ?

Solutions page 122

LE TURCO DE LA COMMUNE

Avez-vous bien lu ce conte ?

A vous de le vérifier en répondant aux questions suivantes. N'oubliez pas de rajouter le résultat obtenu à votre total.

1. *Le jeune héros du conte s'appelle :*
A. Adour
B. Mamadou
C. Kadour

2. *Quand on le ramassa un matin au bord de la Marne :*
A. Il était gravement brûlé
B. Il avait les pieds gelés
C. Il avait été blessé par la mitraille

3. *Il parlait à peine ce patois algérien qu'on appelle le :*
A. Sabir
B. Volapük
C. Baragouin

4. *L'instrument dont il jouait était une* derbouka, *c'est-à-dire :*
A. Des castagnettes marocaines
B. Un tambour arabe
C. Un fifre tunisien

5. *Mais le jeune turco était impatient de :*
A. Rentrer dans son pays
B. Faire la paix avec les Prussiens
C. Se battre

6. *Après qu'il eut perdu l'état-major, on lui prit :*
A. Son fusil
B. Son cheval
C. Son tambour

7. *Plus tard, il crut que ceux qui venaient d'entrer dans Paris étaient :*
A. Les Prussiens
B. Les fédérés
C. Les Versaillais

8. *La dernière barricade sur laquelle il se battit fut celle :*
A. De l'Hôtel de Ville
B. De la rue de Rivoli
C. De la Bastille

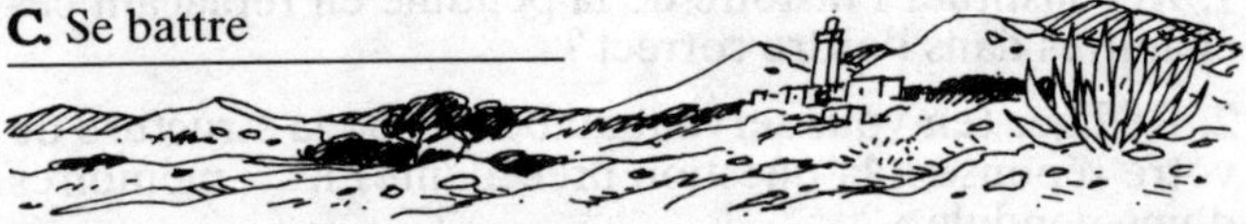

Solutions page 122

Candide Kadour

Dans ce conte, Alphonse Daudet brosse un long portrait attachant de ce « turco ».

1. Pourriez-vous retrouver tous les termes et synonymes dont l'affuble l'auteur ? En quoi chacune de ces comparaisons marque-t-elle une étape dans la vie de Kadour ?

2. Apercevant « la ligne » depuis la barricade qu'il défend, Kadour se figure que c'est là « une armée de délivrance ». Qui sont en réalité ces Français qui le fusilleront ?

3. Essayez de trouver un autre titre à ce conte, éventuellement au moyen d'une expression tirée du texte de Daudet.

Solutions pages 122-123

Parlez-vous le sabir ?

Le jeune turco parlait ce patois algérien composé de provençal, d'italien et d'arabe. Voici quelques exemples. Sauriez-vous retrouver leur définition ?

1. Arpion
2. Baragouin
3. Charabia
4. Cockney
5. Espéranto
6. Javanais
7. Jargon
8. Louchébème
9. Verlan
10. Volapük

A : Argot anglais
B : Langage consistant à intercaler dans les mots la syllabe VA devant les consonnes, et AV devant les voyelles
C : Langue universelle créée en 1879 par l'Allemand Schleyer
D : Terme désignant le vocabulaire particulier aux personnes exerçant le même métier
E : Langage dans lequel on inverse l'ordre des syllabes
F : Argot des chiffonniers
G : Langue étrangère que l'on ne comprend pas
H : Langue internationale créée en 1887 par Lazare Zamenhof
I : Langage confus qu'on ne comprend pas (terme issu de l'arabe)
J : Argot des bouchers

Solutions page 123

LA BATAILLE DU PÈRE-LACHAISE

Avez-vous bien lu ce conte ?

Pour le savoir, répondez aux questions suivantes.

1. *Celui qui raconte « la bataille du Père-Lachaise » est :*
A. Un gardien de square
B. Le gardien du cimetière
C. Un fossoyeur rescapé

2. *Dans la soirée du 22 mai sont arrivés des artilleurs fédérés, environ :*
A. Une dizaine
B. Une trentaine
C. Une centaine

3. *Les fédérés pendant leur séjour :*
A. Ont cassé et pillé les tombes
B. Ne sont jamais entrés dans les caveaux
C. N'ont rien pris dans les tombes

4. *Ils furent dégrisés par un obus que la marine leur envoya en arrivant :*
A. Sur la butte Montmartre
B. Sur les Buttes-Chaumont
C. Sur le Mont-Valérien

5. *Au milieu de la nuit, on frappa à la porte du narrateur. C'était :*
A. La marine
B. Les fédérés
C. La police municipale

6. *A ce moment-là, le narrateur était en train de :*
A. Dormir tout son saoul
B. Boire un petit coup
C. Fumer sa pipe

7. *Ils fouillèrent le cimetière, découvrirent et fusillèrent :*
A. Quarante-sept fédérés
B. Cent dix-sept fédérés
C. Cent quarante-sept fédérés

8. *Le narrateur évoque le témoin muet de ce massacre. C'est le buste de :*
A. Balzac
B. Hugo
C. Zola

Solutions page 123

Un cimetière, monument de Paris

Quel est le nombre d'artilleurs lorsqu'ils arrivent le 22 mai ?

1. Combien en reste-t-il le soir où Paris flambe ? Combien de fédérés les Versaillais fusillent-ils ? Pourquoi ce chiffre ?

2. Savez-vous à quelle date précise eut lieu ce massacre ? Comment s'appelle le monument qui, au Père-Lachaise, commémore cet événement ?

3. Pourquoi ce cimetière s'appelle-t-il ainsi ? Qui était le père Lachaise ? Quel est l'autre nom de ce cimetière ?

4. Un autre cimetière parisien abrite aussi les sépultures de gens illustres : Berlioz, Dumas, Sacha Guitry... Lequel ?

Solutions page 123

Qu'en aurait pensé Balzac ?

« Ah, je vous réponds que nos morts en ont entendu de drôles », dit le gardien qui évoque l'occupation de son cimetière par les artilleurs. En reprenant le fil du récit, imaginez les réflexions du grand écrivain Balzac, dont « le buste au large front, aux grands yeux » a assisté au drame.

LES PETITS PÂTÉS

Avez-vous bien lu ce conte ?

Ces quelques questions vous permettront de le savoir. Répondez-y vite !

1. *Toute l'action de ce conte se déroule un :*
A. Samedi
B. Dimanche
C. Lundi

2. *Les petits pâtés sont destinés à :*
A. M. Bonnicar
B. M. Boniface
C. M. Ornicar

3. *Ce dernier loge :*
A. Rue Saint-Denis
B. Rue de Rivoli
C. Dans l'île Saint-Louis

4. *Le mitron doit faire vite, il paraît que :*
A. L'orage menace
B. Les Versaillais sont entrés dans Paris
C. Les Prussiens occupent la capitale

5. *Le mitron doit livrer ses pâtés :*
A. Avant 10 heures
B. Pour le coup de midi
C. Au moment du dessert

6. *Mais il croise et suit des gamins de douze à quinze ans, ce sont :*
A. Des pupilles de la République
B. Des enfants de troupe
C. De jeunes appelés

7. *Furieux que les pâtés n'arrivent pas, M. Bonnicar :*
A. Décide de se rendre chez le pâtissier
B. Sort pour se calmer les nerfs
C. Renvoie la vieille bonne

8. *Des fédérés l'arrêtent car il a la tournure :*
A. D'un jeune révolutionnaire
B. D'un vieux réactionnaire
C. D'un triste fonctionnaire

Solutions page 123

De gros ennuis pour des petits pâtés

1. Dans ce conte, les actions et les décisions de chaque personnage semblent dictées par un intérêt personnel. Que souhaitent exactement :

A. Le pâtissier Sureau – B. Le mitron – C. M. Bonnicar – D. La vieille bonne – E. Les fédérés

2. A quels personnages M. Bonnicar doit-il successivement faire face en raison de son obstination à obtenir ses pâtés ?

3. Qu'est-ce qui rend ce récit drôle et tragique à la fois ?

4. Comment pourriez-vous qualifier l'attitude de M. Bonnicar ?

5. Qui M. Bonnicar rend-il responsable de son sort ?

Solutions page 124

Les noms propres

Sauriez-vous retrouver, dans ces extraits du conte, les noms propres qui ont été regroupés plus bas par ordre alphabétique ?

« Ce matin-là, le pâtissier …, de la rue de …, appela son mitron et lui dit : “Voilà les petits pâtés de M. … va les porter et reviens vite. Il paraît que les … sont entrés dans …” Le petit partit au galop pour … Ce vieux quartier du … gardait sa physionomie paisible. Toute l'animation du quartier semblait s'être répandue dans la rue de … M. Bonnicar s'entêtait à ne pas se mettre à table sans les petits pâtés. Il ne voulut rien entendre, pas même la fusillade qui s'en venait de … à fleur d'eau, pas même le canon d'alarme de ... secouant toutes les vitres du quartier. La barricade du pont … coupa sa colère en deux. »

Bonnicar – Hôtel de Ville – Ile Saint-Louis – Louis-Philippe – Marais – Neuilly – Rivoli – Sureau – Turenne – Versaillais

Solutions page 124

CONTE DE NOËL

Avez-vous bien lu ce conte ?

Répondez vite à ces questions pour tester vos dons de lecteur et votre mémoire.

1. *M. Majesté est un fabricant :*
A. D'eau-de-vie
B. D'eau de Seltz
C. D'eau de Cologne

2. *Il regagne cette nuit-là son logis qui se trouve :*
A. Dans le Marais
B. Dans l'île Saint-Louis
C. Au Luxembourg

3. *A l'horloge Saint-Paul sonnent :*
A. Onze heures
B. Les douze coups de minuit
C. Deux heures

4. *M. Majesté habite :*
A. L'ancien hôtel de Nesmond
B. L'hôtel de ville
C. Un vieil hôtel meublé

5. *Cette antique maison est devenue aujourd'hui :*
A. Une manufacture
B. Un hôtel
C. Une fabrique

6. *Tout à coup, M. Majesté voit arriver dans la cour :*
A. Des valets, des carrosses, des chaises à porteurs
B. Des camions, des caisses, des paniers
C. Des hussards et des soldats

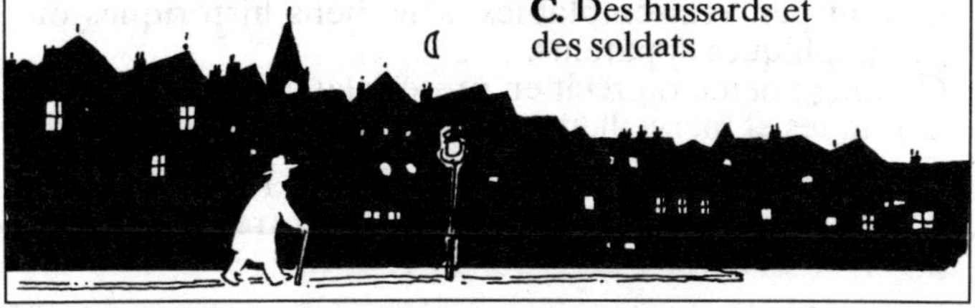

7. *Les invités fantômes dansent le menuet, avec grâce, sur un air de :*
A. Strauss
B. Rameau
C. Mozart

8. *A l'aube, la vision de M. Majesté s'évanouit avec l'entrée :*
A. D'une chaise à porteurs
B. D'une voiture de roulage
C. Du camion du laitier

Solutions page 124

Un nostalgique de la noblesse

1. C'est une vision bien royaliste qu'a le héros de ce conte pendant la nuit du réveillon ! Au moyen de quels clins d'œil et de quels mots évocateurs de la noblesse Daudet donne-t-il le ton dès les deux premières pages ?

2. Quels termes très réalistes et prosaïques (nous sommes en 1871), p. 68, jurent avec le caractère ancien et noble de la demeure ?

3. Quelle formule magique prononce M. Majesté et semble le faire ainsi revenir un ou deux siècles en arrière ?

4. Quel événement commence à estomper la vision de M. Majesté ? Quel autre événement la dissipe tout à fait ? En quoi évoque-t-il une sorte de « fondu-enchaîné » très symbolique ?

Solutions page 124

Que me contez-vous là ?

1. Voici trois définitions :

A. Littérature destinée à être jouée.
B. Récit caractérisé par la présence d'éléments surnaturels ou peu vraisemblables, sans liens historiques ou géographiques apparents.
C. Long poème ou récit en prose relatant les hauts faits héroïques et merveilleux de héros du temps passé.

Laquelle vous paraît correspondre au récit que vous venez de lire ? A quel genre littéraire correspondent les autres définitions ?

2. Relevez p. 69 une phrase qui révèle clairement au lecteur le caractère fantastique du récit.
3. Relevez p. 70 quatre faits précis et insolites démontrant le caractère immatériel de ce qui entoure le héros.

Solutions page 125

LE PAPE EST MORT

Avez-vous bien lu ce conte ?

Répondez soigneusement aux questions concernant ce nouveau conte très différent des précédents et qui rapporte des souvenirs d'enfance.

1. *Le narrateur confie qu'il a passé son enfance dans une :*
A. Banlieue industrieuse
B. Grande ville de province
C. Petite ville de Provence

2. *Il revoit l'écriteau où était écrit :* « Cornet…
A. Bateaux de louage »
B. Barques à vendre »
C. Bateaux-mouches »

3. *Le narrateur appelle le père Cornet :*
A. « Le sorcier de ma jeunesse »
B. « Le dieu de mon adolescence »
C. « Le satan de mon enfance »

4. *A cette époque, il avait :*
A. Dix ans
B. Douze ans
C. Quinze ans

5. *Parfois, il s'accrochait à « la chaîne », c'est-à-dire à :*
A. Un long train de bateaux remorqués
B. Une chaîne rouillée reliée au quai
C. Une compétition d'avirons

6. *La question qu'il redoute toujours est :*
A. « Qu'as-tu fait aujourd'hui ? »
B. « Rapportes-tu de bonnes notes ? »
C. « D'où viens-tu ? »

7. *Le mensonge de la « mort du pape » est une idée :*
A. Folle et improvisée
B. Qu'il a eue dans l'après-midi
C. Qu'il mûrissait depuis longtemps

8. *Le pape prétendument décédé est :*
A. Pie IX
B. Paul VI
C. Jean XXII

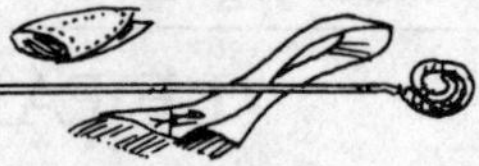

Solutions page 125

Heurs et malheurs de l'école buissonnière

1. Comment le héros se procurait-il l'argent pour la location des canots ?
2. Quels termes, p. 73 et 77, trahissent ses sentiments de culpabilité puis de peur ?
3. Quels autres termes, p. 75 et 77, trahissent sa joie ?
4. Ces journées de canotage sont-elles reposantes ? Relevez, p. 75, 76 et 77, tous les mots qui montrent les efforts et parfois la douleur du héros.

Solutions page 125

Un pape entre des gendarmes

« Tante Rose parla de Pie VII, qu'elle se souvenait très bien d'avoir vu passer dans le Midi, au fond d'une chaise de poste, entre des gendarmes. »
Le pape Pie VII fut en effet arrêté et emprisonné ! Pourriez-vous retrouver en quelle année et pour quelle raison ?

Solutions page 126

Une grande ville de province

« J'ai passé mon enfance dans une grande ville de province, coupée en deux par une rivière très encombrée », nous révèle le narrateur.
1. Quelle est cette rivière ?

2. Quelle pourrait bien être cette ville ? Dans cette liste, trois noms sont vraisemblables. Lesquels ? Pourquoi ?
Amiens – Blois – Châlon – Mâcon – Nîmes – Rouen – Nantes – Tournus

Solutions page 126

LES ÉMOTIONS D'UN PERDREAU ROUGE

Avez-vous bien lu ce conte ?

Voici quelques questions qui, lues attentivement, vous permettront de le savoir.

1. *Ce qui inquiète le jeune perdreau, c'est :*
A. L'approche de l'hiver
B. L'ouverture de la chasse
C. La tombée de la nuit

2. *On appelle le jeune perdreau rouge :*
A. Rougeaud
B. Carmin
C. Rouget

3. *Son compagnon est :*
A. Un vieux coq très malin
B. Une perdrix hardie
C. Un jeune faisan téméraire

4. *Le refuge des chasseurs est :*
A. Une cabane dans une clairière
B. Une hutte près d'un étang
C. Une petite maison nichée dans les châtaigniers

5. *Le premier animal visé par les chasseurs est :*
A. Une caille
B. Un lapin
C. Un sanglier

6. *La fusillade s'arrête subitement :*
A. A la tombée de la nuit
B. Quand le soleil se voile
C. Quand le soleil est très chaud

7. *Pour le narguer, le compagnon du perdreau s'envole dans les jambes :*
A. D'un grand gaillard à favoris
B. D'un petit vieux qui fume sa pipe
C. D'un jeune chasseur désarmé

8. *Ce conte se déroule pendant une journée :*
A. D'été
B. De printemps
C. D'automne

Solutions page 126

Un conte sanglant

1. Ce récit semble très différent des précédents. Pourtant, il possède quelques points communs avec certains des autres contes. Lesquels ? Pourquoi ? Par quels autres mots pourrait-on remplacer ici chasse, chasseurs, animaux ?
2. Quel autre genre littéraire, dérivé du conte, met en scène des « humains déguisés en animaux » ? Quels auteurs s'y sont illustrés ?

Solutions page 126

Un tableau de chasse impressionnant

1. A votre avis, combien de fois l'auteur cite-t-il des animaux dans ce récit ? 9 fois ? 18 fois ? 31 fois ?

2. Dressez la liste de tous ces animaux. S'agit-il uniquement de gibier ?
Pourquoi ?

3. Classez ces animaux en oiseaux et mammifères. Dans quelle catégorie se rangent tous les autres animaux cités par l'auteur ? Connaissez-vous l'autre nom du cerf-volant ? De la demoiselle bleue ? Du criquet ?

4. Quelle est la différence entre une perdrix et un perdreau ?

Solutions page 126

2
LA COMMUNE DANS LA LITTÉRATURE

L'Insurgé

Journaliste, homme engagé, s'il en fut, militant acharné et élu de la Commune, Jules Vallès a écrit avec l'Insurgé, *une œuvre très inspirée, pleine de révolte contre l'injustice sociale.* L'Insurgé *est paru en 1886, un an après la mort de son auteur.*

« Nous sommes à la barricade géante qui est au bas de la rue de Belleville, presque devant la salle Favié. On a tiré au sort, avec le galonné qui m'a remplacé, à qui irait se coucher un instant. J'ai eu le bon numéro, et je m'étire dans un vieux lit, au fond d'un appartement abandonné. J'ai mal dormi. Des vers qui mangeaient la vie du matelas m'ont tout à coup grouillé sur la peau — ils sont vraiment pressés !...

Je vais relayer le collègue.

J'ai plus lutté contre les confédérés que contre Versailles, jusqu'à présent. Maintenant qu'il n'y a plus que ce faubourg de libre, et qu'il ne reste ni traîtres ni suspects à juger, la besogne est plus facile. Il s'agit seulement de tenir pour l'honneur, et d'aller se mettre du drapeau, comme les officiers près du grand mât, quand le navire sombre.

M'y voici.

Nous répondons par le fusil et le canon au feu terrible dirigé contre nous.

Aux fenêtres de la Veilleuse, et de toutes les maisons de l'angle, les nôtres ont mis des paillasses, dont le ventre fume sous la trouée des projectiles.

De temps en temps, une tête fait Guignol sur une balustrade (...). Soudain les croisées se dégarnissent, la digue s'effondre.

Le canonnier blond a poussé un cri. Une balle l'a frappé au front, et a fait comme un œil noir entre ses deux yeux bleus.

– Perdu ! Sauve qui peut !

– Qui veut cacher deux insurgés ?

Nous avons crié cela dans les cours le regard braqué sur les étages, comme des mendiants qui attendent un sou.

Personne ne nous fait l'aumône ! cette aumône demandée l'arme à la main !

A dix pas de nous un drapeau tricolore !

Il est là, propre, luisant et neuf, ce drapeau, insultant de ses nuances fraîches le nôtre, dont les haillons pendent encore d'ici, de-là, roussis, boueux, et puant comme des pavots écrasés et flétris. »

Jules Vallès,
L'Insurgé.

Elle n'est pas morte

Poète communard (1818-1887) auteur de l'Internationale *qui l'a rendu mondialement célèbre, Eugène Pottier, revenu de déportation, compose ce poème.*

« On a bien fusillé Varlin,
Flourens, Duval, Millière,
Feré, Rigault, Tony Moilin,
Gavé le cimetière.

On croyait lui couper les bras
Et lui vider l'aorte.
Tout ça n'empêch'pas, Nicolas,
Qu'la Commune n'est pas morte.

C'est la hache de Damoclès
Qui plane sur leurs têtes.
A l'enterrement de Vallès,
Ils en étaient tout bêtes.

Fait est qu'on était un fier tas
A lui servir d'escorte !
C'qui prouve en tout cas, Nicolas,
Qu' la Commune n'est pas morte ! »

Eugène Pottier,
Elle n'est pas morte

Les Diables blancs

Joëlle Wintrebert, née en 1949, est passionnée par l'histoire. Dans ce roman, elle a voulu donner une vision très nuancée de la Commune. Son personnage principal, Aurelle, s'est tenu à l'écart de la révolte. Mais, meurtri dans sa vie personnelle, Aurelle, qui est médecin, s'engage ; il sera dénoncé et incarcéré.

« Paris brûle. L'Hôtel de Ville n'est plus qu'une torche symbolique allumée par des hommes refusant la défaite. De toutes parts, en lourds panaches, la fumée. La poudrière du Luxembourg a sauté. Les Versaillais longtemps arrêtés à l'orée du VIe s'en sont rendus maîtres en une matinée. Tout se passe comme si Annelise avait été l'ultime rempart de son arrondissement. Plus que sa mort, ce sont les atrocités commises par les Lignards qui m'ont décidé à aider la Commune. Les soldats du 76e de marche ont abattu un médecin et des blessés à l'hôpital Saint-Sulpice. J'ai vu des femmes qui se croyaient protégées par les enfants qu'elles tenaient dans leurs bras se faire tirer comme des lapins. Martin m'a persuadé de rejoindre Allemane, à la mairie du Ve. Avec lui, nous courons à la barricade de la rue d'Ulm que menacent les Versaillais. Paysage d'apocalypse. Mes pieds écrasent le verre des fenêtres brisées dans un bruit d'ossements broyés. A mes côtés, le souffle court, un typographe que j'ai vu parfois quelquefois en compagnie d'Annelise et dont j'aurais pensé qu'il serait las des barricades. Navet a fait le coup de feu avec Barbès, dépavé les rues en 48 et 51, mais je ne parviens pas à l'imaginer en assassin de mon père tant la barbe et les cheveux blancs qui lui ont valu son surnom inspirent la confiance. Je sais qu'il ne faut pas se fier aux apparences, que le citoyen Faure peut être doux et piquant, comme il le dit lui-même « en fonction des circonstances ». Tout de suite, sa rage fournit d'ailleurs un jus acide. Ah ! les qualificatifs font dont il accable les Lignards tandis qu'il charge, vise et rire, charge, vise et tire les servants des deux bouches à feu qui pilonnent notre abri ! Je ne peux m'empêcher de penser que le vieux Navet sera bientôt mangé aux vers, tant il méprise les lois de la balistique, exposant sa tête au-dessus des pavés à chaque coup qu'il porte. C'est à se demander comment il a survécu jusqu'ici. Il est vrai qu'il n'en veut plus, de cette survie, et qu'il est trop lucide pour croire à la victoire prolétarienne. Voilà pourquoi il courtise de si près la Faucheuse. Il a décidé qu'il célébrerait aujourd'hui ces épousailles et n'entend pas les différer. »

Joëlle Wintrebert,
Les Diables blancs,

Le Tombeau des fusillés

Agé de seize ans sous la Commune, c'est lui qui eut l'idée des œillets déposés au mur des Fédérés, en souvenir des « morts sans cercueil ».

« Ornant largement la muraille,
Vingt drapeaux rouges assemblés
Cachent les trous de la mitraille
Dont les vaincus furent criblés.
Bien plus belle que la sculpture
Des tombes que bâtit l'orgueil,
L'herbe couvre la sépulture
Des morts enterrés sans cercueil.

Ce gazon que le soleil dore,
Quand Mai sort des bois réveillés,
Ce mur que l'Histoire décore,
Qui saigne encore,
Cest le tombeau des fusillés.

Autour de ce tombeau sans bronze
Le prolétaire, au nez des lois,
Des héros de soixante et onze
Ecoute chanter les exploits.
Est-ce la tempête ou la houle
Montant à l'assaut d'un écueil ?
C'est la grande voix de la foule
Consolant les morts sans cercueil. »

Jules Jouy,
Le Tombeau des fusillés

3
SOLUTIONS DES JEUX

Êtes-vous ponctuel ?
(p. 93)

Si vous obtenez une majorité de ○ : aucun doute, vous êtes quelqu'un de ponctuel sur qui on peut compter. Au fait... prenez garde à ce que cette qualité ne tourne pas à la maniaquerie, surtout si votre total égale ou dépasse dix !

Si vous obtenez une majorité de ❒ : vous ne passez pas encore pour un modèle de ponctualité ; vous devez penser qu'être à l'heure concerne surtout les adultes, et que vous avez le temps de vous comporter comme eux ! Après tout, un peu de fantaisie et d'imprévu apportent du piment à l'existence…

Si vous obtenez une majorité de Δ : votre inconséquence, ou votre étourderie, doit vous avoir déjà joué plus d'un tour ! Attention, si vous voulez vous adapter au monde d'aujourd'hui, il faudra que vous appreniez à planifier votre existence et à consulter plus souvent votre montre ou le calendrier – ne serait-ce que par respect pour autrui.

La dernière classe
(p. 95)

1 : C (p. 12) - 2 : A (p. 12) - 3 : B (p. 14) - 4 : A (p. 14) - 5 : B (p. 16) - 6 : A (p. 17) - 7 : B (p. 17) - 8 : C (p. 18)

Un village alsacien pendant la guerre
(p. 96)

1. L'apostrophe du forgeron ; la tranquillité de la classe ; l'absence de colère du maître à l'arrivée du retardataire ; l'habillement de l'instituteur ; la solennité de la classe ; la présence des gens du village au fond de la classe.
Les champs ; les merles ; la lisière du bois ; le pré ; la scierie ; le forgeron.

« Les Prussiens qui faisaient l'exercice » ; « les batailles perdues, les réquisitions, les ordres de la commandanture ».
Les noms (de l'instituteur : Hamel ; du forgeron : Wachter ; du vieux Hauser) ; la rivière Saar (p. 14) les paroles du maître qui évoque « les écoles d'Alsace et de la Lorraine » (p. 14) « le grand malheur de notre Alsace » (p. 15) et les exemples qu'il a choisis pour la leçon d'écriture : « France, Alsace. » (p. 16)
2. « Les misérables » (p. 14) « ces gens-là » (p. 15)

L'emploi du temps de la matinée
(p. 96)

1. Récitation (p. 15), morale, grammaire, écriture (p.16), histoire, musique (p. 17)
2. A : « Quand un peuple tombe esclave, tant qu'il tient bien sa langue, c'est comme s'il tenait la clef de sa prison. »
B : « S'il tient sa langue, il tient la clef qui, de ses chaînes, le délivre. » (F. Mistral) (p. 16)
C: Les Gaulois, conquis par les Romains qui leur imposèrent le latin.

La partie de billard
(p. 97)

1 : B (p. 19) - 2 : C (p. 19) - 3 : A (p. 21) - 4 : A (p. 22) - 5 : C (p. 26) - 6 : C (p. 24) - 7 : B (p. 26) - 8 : B (p. 26)

Le théâtre des opérations
(p. 98)

1. Daudet veut ainsi opposer la misère et l'attente des soldats à la tranquillité du château, au luxe de la salle à manger et à la fièvre des joueurs.
2. Le champ de bataille (« les flaques des grandes routes, la boue des champs détrempés », p.19) une demeure princière (p. 21) la salle à manger (p. 22)
3. Le billard !(p. 22)

Un combat difficile
(p. 99)

1. Le maréchal : un « grand homme de guerre ». Le capitaine : un « officier d'avenir ». Ces deux combattants mettent leurs qualités et consacrent leurs efforts stratégiques au service d'un jeu d'autant plus dérisoire que le véritable combat se déroule au-dehors, et qu'il fait des victimes.
2. Pour ne pas irriter son supérieur ; pour que le maréchal prenne plaisir à disputer un combat, et pour que sa victoire lui paraisse vraisemblable.
3. Non. Daudet pense aux « soldats exténués » (p. 19) et aux « hommes qui tombent par centaines. » (p. 26)
4. « L'armée est en pleine déroute. Le maréchal a gagné sa partie ».
A. Daudet veut opposer la défaite réelle et dramatique de l'armée française à la victoire factice et ridicule du maréchal au billard.
5. Daudet est du côté des soldats innocents, des victimes ; il critique l'attitude irresponsable et égoïste des gradés.

L'enfant espion
(p. 99)

1 : B (p. 27) - 2 : A (p. 27) - 3 : A (p. 28) - 4 : C (p. 29) - 5 : C (p. 29) - 6 : A (p. 30) - 7 : C (p. 31) - 8 : A (p. 36)

Des hommes et des enfants dans la guerre
(p. 100)

A : 4 (p. 27) - B : 2 (p. 28) - C : 1 (p. 27) - D : 6 (p. 29) - E : 7 (p. 30) - F : 5 (p. 31) - G : 3 (p. 33)

II. D, E, F, G

Les assiégés, les assiégeants
(p. 101)

p. 31-32 : « Le bas était plein de soldats... du vin de Champagne. » A la misère, au froid, à la nourriture et à la boisson maigres des Français s'opposent l'opulence, la chaleur et le luxe des Prussiens.

La pendule de Bougival
(p. 101)

1 : B (p. 37) - 2 : C (p. 37) - 3 : A (p. 40) - 4 : C (p. 41) - 5 : A (p. 41) - 6 : C (p. 42) - 7 : B (p. 44) - 8 : C (p. 44)

Les pouvoirs d'un objet
(p. 102)

1. Elle sème la fantaisie, la gaieté, la folie chez ceux qui la possèdent.
2. Pleine de lubies, de caprices, elle « marque les heures à la diable. » (p. 37) « Elle sonne huit heures et elle en marque trois. » (p. 42 et 44)
3. Otto de Schwanthaler et ses filles, mais aussi (p. 44) une chanoinesse, le doyen de l'Institut, les dames nobles du couvent – enfin le roi Louis II de Bavière.
4. E.T.A. Hoffmann. Tchaïkovski

Les mémoires d'une pendule
(p. 103)

1. C, I, E, K, J, B, F, D, H, A

Le turco de la Commune
(p. 103)

1 : C (p. 45) - 2 : B (p. 45) - 3 : A (p. 45) - 4 : B (p. 46) - 5 : C (p. 47) - 6 : B (p. 48) - 7 : A (p. 48) - 8 : B (p. 48)

Candide Kadour
(p. 104)

1. « Un petit timbalier de tirailleurs indigènes »,« un oiseau de tempête », « un petit bronze africain »,« un chien malade » (p. 45) « un déserteur sans le savoir », « une frimousse éveillée de jeune singe », « un petit

corps s'agitant sur son grand cheval. » (p. 47) Chacune de ces expressions nous montre l'itinéraire de Kadour : son départ de la tribu, son épopée dans la guerre, sa maladie, son engagement avec les fédérés, son action dans la Commune.
2. Les Versaillais.
3. Par exemple : « un petit timbalier » (p. 45) « un vrai turco. » (p. 47)

Parlez-vous le sabir ?

(p. 105)

1 : F - 2 : G - 3 : I - 4 : A - 5 : H - 6 : B - 7 : D - 8 : J - 9 : E - 10 : C

La bataille du Père-Lachaise

(p. 105)

1 : B (p. 51) - 2 : B (p. 51) - 3 : C (p. 51) - 4 : A (p. 52) - 5 : A (p. 54) - 6 : A (p. 54) - 7 : C (p. 56) - 8 : A (p. 56) -

Un cimetière, monument de Paris

(p. 106)

1. Une trentaine (p. 51) puis quatre ou cinq (p. 53) mais on en fusilla cent quarante-sept (p. 56) car s'y ajoutent les gardes nationaux qu'on amène de la prison de la Roquette. (p. 54)
2. Le 28 mai 1871. Le mur des Fédérés.
3. Ce cimetière, appelé aussi cimetière de l'Est, fut aménagé en 1804 sur l'emplacement d'un domaine de jésuites où avait résidé le père Lachaise, confesseur de Louis XIV.
4. Le cimetière du Nord, ou cimetière Montmartre.

Les petits pâtés

(p. 107)

1 : B (p. 57) - 2 : A (p. 57) - 3 : C (p. 57) - 4 : B (p. 57) - 5 : B (p. 58) - 6 : A (p. 58) - 7 : A (p. 60) - 8 : B (p. 62)

De gros ennuis pour des petits pâtés
(p. 108)

1. A : que les pâtés soient livrés et que son mitron revienne vite (p. 57) - **B :** arriver avant midi et emporter un pourboire (p. 58) - **C:** ses pâtés - **D :** qu'on se mette à table (p. 60) - **E :** capturer un éventuel mouchard (p. 62)
2. A sa bonne, aux voisins (p. 60) aux fédérés, aux officiers versaillais (p. 62) à la foule (p. 63)
3. Son contexte : les événements de la Commune, le contraste entre le drame qui secoue la nation et l'idée fixe de M. Bonnicar.
4. De l'entêtement, de l'aveuglement, de l'égoïsme.
5. Le « pâtissier inexact » (p. 64)

Les noms propres
(p. 108)

Sureau – Turenne – Bonnicar – Versaillais – Paris – l'île Saint-Louis – Marais – Rivoli – Neuilly – l'Hôtel de Ville – Louis-Philippe

Conte de Noël
(p. 109)

1 : B (p. 65) - 2 : A (p. 65) - 3 : C (p. 65) - 4 : A (p. 66) - 5 : C (p. 66) - 6 : A (p. 69) - 7 : B (p. 71) - 8 : B (p. 71)

Un nostalgique de la noblesse
(p. 110)

1. Le nom du héros : M. Majesté. Il revient de la place Royale (p. 65), son logis est l'hôtel ci-devant de Nesmond et il comporte encore « un écusson, d'anciennes armoiries » et « les vieilles armes » des Nesmond. (p. 66)
2. Les mots « Caisse, Magasin, Entrée des Ateliers »

(p. 66), les camions des chemins de fer, les marchandises, la toile d'emballage, une fabrique... (p. 68)
3. « Tout de même, si les Nesmond revenaient... » (p. 68)
4. a) L'aube. b) L'arrivée d'une « voiture de roulage » (p. 72) M. Majesté voit « le feu des roues » de la voiture remplacer « les dernières étincelles d'une torche. »

Que me contez-vous là ?

(p. 110)

1. B ; A : théâtre ; C : l'épopée
2. « Bientôt, toute la maison a l'air d'être hantée. »
3. « M. Majesté leur parle. Les laquais ne lui répondent pas... »,« ils continuent de causer tout bas entre eux, sans que la moindre vapeur s'échappe de leurs lèvres... », « un feu singulier, une flamme sans chaleur qui brille et ne brûle pas », « il salue, mais personne ne fait attention à lui. »

Le pape est mort

(p. 111)

1 : B (p. 73) - 2 : A (p. 73) - 3 : C (p. 73) - 4 : B (p. 75) - 5 : A (p. 75) - 6 : C (p. 77) - 7 : A (p. 78) - 8 : A (p. 78)

Heurs et malheurs de l'école buissonnière

(p. 111)

1. Il vendait ses livres (p. 75)
2. Le Satan de mon enfance, ma passion douloureuse, mon péché, mon remords... des crimes (p. 73) Le terrible... mes transes, mon remords... m'épouvantait (p. 77) 3. Quel triomphe (p. 75) je trouvais cela délicieux. (p.77)
4. « Je suais, je me débattais... le courant si dur... (p. 75) ramer et ramer... à force de fatigues, tout moite et rouge de chaleur... n'en pouvant plus, abasourdi par le soleil, la fatigue (p. 76) (il) se mettait à saigner du nez pendant des heures. » (p. 77)

Un pape entre des gendarmes

(p. 112)

Pie VII avait excommunié Napoléon après que l'empereur eut fait occuper Rome et annexé les États de l'Église. Il fut arrêté, emprisonné à Savone en 1809 puis à Fontainebleau en 1812.

Une grande ville de province

(p. 112)

1. La Saône (p. 79) **2.** Châlon, Mâcon, Tournus (seules villes arrosées par la Saône)

Les émotions d'un perdreau rouge

(p. 113)

1 : B (p. 80) - 2 : C (p. 80) - 3 : A (p. 80) - 4 : C (p. 82) - 5 : A (p. 83) - 6 : C (p. 83) - 7 : A (p. 85) - 8 : C (p. 88)

Un conte sanglant

(p. 114)

1. Ce conte évoque – d'une manière déguisée – la guerre. On pourait le rapprocher de *La dernière classe*, *La partie de billard*, *L'enfant espion*, *Le turco de la Commune*, *La bataille du père-Lachaise*, *Les petits pâtés.* Comme dans ces récits, on y trouve la guerre (la chasse), des soldats (les chasseurs) et des victimes (les animaux). Le jeune perdreau est un enfant comme le héros de *La dernière classe*, ou *Le turco de la Commune*, le coq un vieux soldat – et les chiens, des traîtres.
2. La fable. Ésope, La Fontaine, Florian

Un tableau de chasse impressionnant

(p. 114)

1. 31 fois

2. Coq (p. 80 souris, chiens, caille, perdreau (p. 83) faisans, chevreuil, lapin, écureuil (p. 84) faisan, mulot, cerf-volant, demoiselles bleues, bourdons, papillons, criquet (p. 85) perdrix, fourmis, faisans, poulets, biche, chevreuil (p. 86) lièvres, lapins, perdrix, perdreaux, chevreuil (p. 87) fourmis, mulots, pies, hirondelles (p. 88). La chasse perturbe indirectement tous les animaux.

3. Les insectes. *Cerf-volant* : nom vulgaire du lucane mâle, un coléoptère. La *demoiselle bleue* est une libellule, le *criquet* une sauterelle. Autres insectes cités : bourdon, papillons, fourmis.

4. Un perdreau est une jeune perdrix de l'année.

Avez-vous bien lu les Contes du lundi ?

Si vous obtenez de 80 à 100 réponses exactes : bravo, vous êtes un excellent lecteur ! Mais... n'avez-vous pas relu chaque conte avant de répondre à chaque questionnaire ? Si tel était le cas, recommencez, cette fois sans consulter le texte. Et refaites le total !

Si vous obtenez de 50 à 80 réponses exactes : ce n'est pas si mal... surtout si vous avez abordé tous les questionnaires d'un coup – car les textes sont très différents. Au fait, si vous essayiez de détailler votre total pour chaque conte ? Ainsi, vous pourriez reconnaître ceux qui vous ont marqué (plus de 8 bonnes réponses) et ceux que vous avez moins bien lus (moins de 5 bonnes réponses) !

Si vous obtenez moins de 50 réponses exactes : formidable ! Vous avez été si peu attentif au contenu de ces récits que vous n'en avez pratiquement rien retenu. Mais oui, c'est une chance : une seconde lecture vous procurera un plaisir d'autant plus grand que vous aurez l'impression de lire certains de ces contes pour la première fois !

Table